休闲集

苏州河畔明珠行

曾德聪 著

上海社会科学院出版社

作者和夫人仲长荣教授旅澳留影
2012年摄于"十二门徒岩"景区

序

一

天地无涯，人生多彩，有感而发，兴至而歌，或吟于车旅，或咏于山川，尝抒心言志而格律不拘，或借调若词而音韵不符，或貌似古诗而平仄有悖，是故非诗非词，非乐非章，无体无调，其间，确有借"一一鹤声飞上天"之处，然非窃以"登第"，多属凿壁"借光"，若无"点金成铁"之嫌，当称幸哉！总之，此乃自照、自笑、自娱、自赏、说长道短之词，且三言两语，有长有短，是故，称之为长短篇。

注：此系《长短篇》之《前言》，现引为《序一》。

《长短篇》乃作者拾20世纪后半叶40余年所作之诗九十、词三十一、题记七十一，《海峡文艺出版社》于2001年4月出版。我国著名文学评论家许怀中教授、福建省诗词学会会长吴修秉先生分别为其作序，福建省诗词学会副会长王浩为其作跋，借此，再次向他们及所有为其提供帮助诸公表示深切谢意！

序

二

　　古稀之年，获准离休，实离而未休：或续未了之著述，或拾冻年之轶歌，或忆征程之行止，或抒见闻之遐思，或履顾问之诸事……然随岁月之推移，享天伦之乐之情愈切，做自己想做之事之兴与日俱增，"共产主义劳动"色彩随之愈浓；虽自知确无欧阳"驻马观碑"之执，也无张芝"临池学书"之毅，更无"郑虔三绝"之求；然，八零之后，确有"闲情"，爱诗书、染丹青、玩印石，且尝试步集诗书画于一之道；更常借短歌以言志，品尝山河韵，素描众生相，狂歌英雄行，笑骂奸佞徒，言花议木、说禽评兽，说长道短；也是三言两语，有长有短，若予结集，同属《长短篇》之列；然，它均属离休赋闲之作，多系漫无边际，闲暇之音；是故，姑用《休闲集》名以别。且余离休后，多居苏州河畔清水湾，本集诸多篇幅，诸如场景意念、山水岸线沿革、亭台楼廊布局、植物群落季相等又都在不同侧面上，反映它由昔日古渡头奇迹般地发展为今朝江畔明珠。是故，乃取"苏州河畔明珠行"为副题。

目　录

序　曲

七十准解肩，斗室可耕天。

一招山水来，方丈亦神仙。

晨雾绕庭边，仿佛沐林间。

时听仙乐响，伸手拨云烟。

逐梦诚求己，闻露集甘泉。

虔读大师论，宛赴鸟语筵。

漫游人媒笕，偶也撞闲言。

不禁哼几声，碎语不成篇。

重返鹭岛

凤凰花开季，火鸟涅槃去。
双叶青樟树，一桥拱海市。

　　别厦经年，归时顿觉凤凰花更红，侨师楼更高；忽见
邓植双叶青樟树，似闻大林余音绕海桥。

母　亲

阿母庌水回，群雏朝她飞。

轻轻亲我头，挥手拂裙围。

阿母年是数，未见着新衣。

三摸海蓝布，屈指含晖归。

苍梧谣
母亲

谁。

暮暮朝朝盼汝飞。

闻风雨,

又急望尔归。

　　二〇〇一年三月初三,为养母诞辰一百周年,思念愈切,一诗一词,难表一二;适逢父母阡同于村东墓林,乃作墓志铭刻于碑后以志:

　　父川龙,生于光绪戊子年(1888)八月二十三日,逝于辛巳(1941)二月二十七日,享年五十三岁;母邱香,生于光绪辛丑年(1901)三月初三,逝于己丑(1949)四月二十四日,享年四十九岁。父母德行垂范千古,恩重永铭儿心,家贫志不短,室陋惟温馨,仿佛昨日,呜呼而今,莫不见食,哭无回音,遂为之铭:

川雍宽厚，龙腾慈渊，为师为人，怡立人前。

丘溢贤德，香自苦田，勤耕严教，重担双肩。

壶米哺儿，薯渣度年，腰巾抗饥，单衣代棉。

父母阡同，永世眷联，子孙为幸，铭是碑卷。

子　德聪顿首

二〇〇一年清明

每逢生辰，倍思父母，暮年之后，尤其步入八五之际更甚，乃索辛巳清明旧作，吟《母亲》，唱《苍梧谣》，读为养父养母而作之《墓志铭》，情至心切，遂为生父生母写下《墓志铭》；然一读再读，仍感不足以抒时情、偿宿愿；而今，姑录于此以志：

父木成，母王盛，仙去有年，德行垂范；家贫志坚，室陋温馨，父慈母爱，永铭儿心，乃志乃铭：

木北吉成，渡人为先，执缰扬鞭，踏遍山川；

明言梦盛，昂首人前，五男二女，儿诞薯田；

披星为佃，戴月压肩，度日如年，豪气震天；

坚守诚信，忠厚及巅，子孙有幸，奉为范传。

子　德聪顿首

甲午年十月初六

陆游醉海图

天浮陆放翁，神游云海中，
笛横潮音外，莲开宝陀东。
蒲缘几张弓，碧波卷鱼龙，
墨洒桃花山，豪溢蓬莱宫。
飘逸满袖风，佛顶浴日红，
"歌罢海动色，诗成天改容。"

———————————

　　辛巳（2001）仲夏，余偕家，游普陀，访二日，兴未
尽，寻史话，读诗词，感触良多。宋淳熙十年（1183）至
开禧三年（1207）之二十余年间，陆游两度访普陀山，佳
作连篇。传世者，诗十二，词有七。

　　诗人恨"羁游"，然，踏云海、观潮涌、看张弓、驾长
风、数奇观，则"悠然"；惊"忽梦断"，叹"海阔天远难
重期"，怨"跨鹏背"之行速，念蓬莱宫之"弭节"，平安
徐缓；吹横笛，为"鱼龙亦出听"而自慰；道"流落"而

"豪气"荡膺;"旧游处"觅"素壁","寻春诗"为"当年意气不少让","歌罢海动色,诗成天改容"而感"醉墨纷淋漓";然豪气、奇观,难遣诗人惆怅。虽言"不知秦汉事",却为"九转丹成后","金貂侍帝宸"而感叹,为"松枝引鹤行","归路已将夕"而哀伤,返看"汉家宫殿浩劫灰中,春草几回绿"而感"变迁如许,况纷纷荣辱",可知放翁情何系?!

　　谁说陆游只醉海?

减字木兰花

普陀游

二〇〇一年八月

宝陀莲屿，

观音到此不肯去。

佛国天梯，

如来东居子拜西。

圆通大士，

随愿应身三十几。

普济苍黎，

千手千眼法并施。

　　普陀山，潮音洞，东海浪卷如莲。相传梁贞明二年
（916），日本高僧慧锷于五台山得观音像，将东渡返日，
行至新罗礁，莲挡舟搁，遂转泊潮音洞下。邻，张氏见
异，遂舍所居，筑庵奉之，乃谓观音到此不肯去，世称不
肯去观音，开普陀佛国之始也！后，普济寺、佛顶山、紫
竹林、观音眺，寺殿相继涌现，真乃"楼阁高低二百寺"，
可谓东海佛国也！然，诸多善男信女，望车西驾，慈乎

悲乎！？

圆通大士，乃观自在，随机应身三十三，普济寺全供其中，香火旺盛，天台宗初倡五观音，后密部传入多种变化之宝相，千手观音居首位，遂成六观音。

观世音千手千眼：千眼，洞悉万物，明察秋毫，辨善识恶；千手，普度众生，扶正压邪。此乃众生对上苍之所求，塑者对人世之所望也！

海 韵

户落葳蕤间，桥连碧蓝天。
东方明珠闪，琼楼绕云烟。

焰花高空悬，申都结情缘。
春秋元首聚，红绿唐装穿。

寸土千金重，一城百翠园。
公仆更手笔，斯民颂尔贤。

春草东山来，樟松南郭迁。
石门生峡谷，新池出羞莲。

辛巳（2001）仲秋，余客沪中东西南北高架交汇处，地标龙柱之旁，古街石门之东，新造峡谷之南，金鹿大楼之上。四望车灯如流，甚嚣尘上；环顾绿茵无际，翠竹参天，远处高楼竞立，夜灯尽放，烟花漫卷，酷月自叹逊色；喜看万商云集，元首常聚，台胞西渡落户成潮，学子回归创业如流，当有无数新歌急涌。

祝　寿

东窗一片星，西房犁铧声。
我司蟠桃宴，尔念祝寿经。

访武夷汉城

二〇〇二年一月二十六日

丹山王城下，闽越无诸天。

碧水臣廓外，莲荷流宫前。

犁套五齿耙，车辕镶金边。

木垫陶壁井，新樽品甘泉。

火行回龙管，水滴消音沿。

佐汉击项羽，封王又赐筵。

一鼓併东瓯，横刀南越前。

长乐未央宫，久梦黄龙辇。

馀善称武帝，大逆不听劝。

自遭杀身祸，国灭众徙迁。

机弓铁箭镞，楼殿化云烟。

称雄历数代，湮没两千年。

武夷城村汉城，世称"闽越王城"。

《史记·东越列传》载：闽越王无诸，勾践后，从诸侯灭秦，时项羽主事，不王无诸，无诸乃佐汉，受封闽中故地。后数世，围东瓯、击南越，至馀善，刻玺称帝，使谕，弗听。汉兵至，众强，计杀馀善。天子曰："东越狭多阻，闽越悍，数反复"，令"皆将其民徙处江淮间"，东越地遂

012

虚。太史公曰：越"历数代常为君王"，"盖禹之余烈也"，"然馀善至大逆，灭国迁众。"

发掘测定，汉城毁于二千余年前，然，城郭、殿基、路阶等均保存完好。建设规模宏大，颇具特色。鼎盛时期，城内外军民五万余众，部分出土文物已佐证"馀善刻'武帝'玺自主"(《史记》)，并证明：时，宫殿已按皇宫修建；城，馀善已将其作为"皇城"。更引人注意者，乃当时之科学技术与生产力水平，如：铁套犁铧五齿耙、机弓刀斧铁门臼，加工精细，铁器应用广泛；建筑上、居室下铺大口径陶制回龙管取暖技术、屋檐滴水道竖瓦消音技术、木垫陶套水井防塌过滤技术，等等，均具独创性。至于陶制器皿精品众多，各种用具造型之优美、图案之精秀，似为该时代之杰出代表作。

登天游半山忽见

削壁涓涓垂长丝，危岩朵朵悬天际。

翠竹轻梳碧玉带，九曲重绕韵如诗。

虎啸岩

乱云掠幔亭，棹歌伴我行。

晓风拂寒衣，阵雨洗山径。

雕鹏凌空起，噗哧若有声。

一羽化丹梯，绝蹬可摘星。

云路濯仙颜，何求执斗柄。

万仞未及顶，回首参天成。

忽闻卧虎啸，不见山君影。

痴赏垂天云，醉品松涛鸣。

壬午（2002）元月，余偕家北游，客幔亭山下武夷山庄，登天游，筏九曲，故地重游忽新见；攀虎啸岩，访一线天，景色醉人，更因"虎啸天风凛，仙踪烟路迷"（邱云宵）而忘归。

虎啸岩，世传因仙人骑虎啸于上而名。后，因宋名相李纲一吟"昔年雕虎啸幽岩"而觅。张溥儒则一览而唱"啸幽岩若垂天云"。岩，高耸入云，落地万仞，禅院为天成，"绝壁俯青岑"（释超全），烟霞浓淡，空谷乱松，云际曲径确难窥其全；然，或远或近，隐见其若雕若虎，高踞于万山丛中，飞啸于星月之上，令人不禁为其大而敬、为其高而仰，为其矗立于"千里清风皱碧潭"之中而歌而醉。

祝儿女

一　祝犁

生盱逢时，日彦东方。
快需权度，乐得其康。

二　祝轶

飘留英蠡，饮誉京师。
慎听溢美，善求真知。

　　犁、轶出生于动乱年代，生日同在五月。童年就随我们"走南闯北"，经受时代与生活之磨炼，作为父母，我们更是坚持严以律己，长者垂范，重于家教，身传人生准则，缔造新型家风。儿女成家立业之后，也嘱重家教，遇大事，常寻商。经久积淀，家风渐成。轶儿于归前，除书"解靓而绸缪束薪乐知而福履成之"一幅，祝之贺之外，并集家风五章，成《曾氏家训》，为妆陪嫁。

　　离休之后，逢五月，则更多关注祝福儿女，或自言自语，或挥毫以抒。2016年5月，先为犁儿草就"乐知舞云天，家风垂中华"一幅，后为轶儿弹"驾临逢天时，一日争月食，小名宣大号，超群自彰湜"名由一曲作蛋糕，祝贺儿女生日快乐。《祝儿女》乃书于癸未（2003）；是年，轶索墨，先以"新枝秀出可知百花盛开，万顷绿浪唯闻若竹虚怀"；后涂"任重知权度，学饱自虚怀"；丁亥（2007），犁索句，眼前忽涌"人心惟危，道心惟微，惟精惟一，允执阙中"，此被宋儒视为尧舜禹心传之修身治国之念。然，审时，不尽惟惟，度世不失为警。乃择"允执阙中"书与，嘱凡遇大事，则本"乐知践斯"，慎经权度，择正而为！并草《度说》以注，注曰：

度者，量也、权也、谋也。权而后知轻重，度而后知短长；权度而后知量、知质、知情、知势、知决断。常闻"事以度功"，"度不中不发"，"度德而处之，量力而行之"是谓度德量力。

度者，制也，即度制、法度。常云"人欲之为情，情非度制不节"，不能"公室无度"。

度者，风也，曰风度，器量、胸襟是也。

度者，越也，超越之谓也，而任何超越，几都系功于践、经风险、行创新之举，绝非空叹"物转星移几度秋"可及。

然，说度者言量、言权、言制者众，通其全者寡，而自度者更为鲜矣！夫度非言而为行。度，功在于践；超，功在于创。襟正科学而度，则能权量有据，谋划有道，制胜有数，避险有方，度超有望。众多成功者，皆功于度，决也在于度也！是故，度乃管理者尤其是决策者所应具有之基本素质与能力。

忆江南

贺国立第一侨民师范学校纪念碑落成

瞻碑韫，

真传侨师神。

天风海涛钊万世，

从戎挥翰历千辛。

屹立鹭江滨。

  6月9日，中共厦门市委厦门市人民政府为国立第一侨民师范学校纪念碑落成举行隆重仪式，首届毕业生石益老学长应邀代表师生讲话。会前，嘱余为之拣辞择句，以作发言结语。急中借调《忆江南》，填一阕以应时需。后闻，海外某侨报，在报道盛典时，曾单发此词。

五凤山组歌

二〇〇二年夏

一

拾级五凤翅，飞蹬六百几。
荆掩古战壕，民刻一辞碑。
玩火常自焚，异国没全师。
铁马识残旗，东瀛拒反思。

二

艳阳穿云泻，轻风抚峨眉。
淳香扑鼻来，黄花占新枝。
柏拥相思林，松催共与诗。
东家呼儿急，我忆孩提时。

三

春浸林间绿，秋听暮蝉辞。
夏留蜂酿蜜，冬慕蓝天垂。
饱享山野净，安倚竹桦篱。
狂歌绿荫下，润物傲先知。

湖前西，有五峰，仰天高耸，势如凤凰腾飞，称五凤山。晨，沿新砌石阶，拾级而上，翠竹苍松，簇拥相思林一片。琉璃亭台，点缀其间，蝉歌鸟语，争鸣不停，生机盎然，乃一方宁净之地。及顶，远眺：鼓山、屏山、金鸡山尽收眼底；高楼、脚架、车流、红瓦，蓝天、绿野，编织出一幅蓬蓬勃勃之图景。返顾山颠，战壕掩体，逶迤而去，或为荆蕨所掩，或因年久坍塌，然仍不忘昭告后人：当年日军侵华罪行累累，实乃一勿忘国耻、勿忘图强之碑。

童年故里

二〇〇二年秋

屋后相思林，村前雾岭溪。

暑消榕荫下，寒袭旧纤衣。

戽水深潭岸，拉犁汗雨归。

忽闻母叹息，举目问天非。

清平乐
相思树

狂风独啸，
绿拥霜天笑。
簇叶如眉花更俏，
红颜灰飞谁料。

朦胧粗砺轻雕，
旋呈丽质妖娆。
唤雨呼风名噪，
目瞪口颤橡樵。

　　相思树，生故里。枝繁茂，根殊长，临飓不拔；杆清秀，叶如眉，威武潇洒；子棕红，花金黄，香淳不俗；木坚韧，质如玉，可成大器。然，古往今来，常以"非栋梁之才"而为薪为炭，而燃之焚之。如今，知之者渐众，或委以防风抗暑之任，或用为制作家具之材，甚至令其淡妆以冒红木者也非鲜见，噫乎！贵贱焉何相悬乃尔！？然而，或贵或贱，皆难逃遭伐，唯佑其长生，乃民之幸也！

022

雨　游

雨游匡庐颠，珠落峡谷间。
黄花点苍翠，凝云忽遮天。

云　瀑

云瀑涌川前，奇峰浮九天。

凌霄垂绝壁，游子亦神仙。

西江月

庐　瀑

二〇〇二年七月二十七日

翠柏蝉歌鸟语，
黄花峭壁清泉。
群龙急降震前川，
掀起狂涛万卷。

野菊松风石涧，
琼丝玉露濯仙。
云瀑突袭尽深渊，
忽暗南天一片。

匡庐多瀑布，水帘、泉帘、玉帘皆为瀑，云瀑也常发。

游千岛湖

千岛平湖镜上飞，万枝梅海带韵归。
半亩方塘朱熹守，一祠香火汝贤非？

　　海瑞，字汝贤，号刚峰，明嘉靖年间，曾任淳安知县。他刚正不阿，不畏权贵，秉公执法，廉政为民，人称海青天，离任时，民为之建生祠，立"去思碑"以记。

　　1959年，建新安江水库，海公祠遂迁龙山，淳安县治淹后，龙山因高而成岛。而今，凭吊海瑞祠者络绎不绝，香火旺盛，人则亦人亦神，祠则亦祠亦庙。祠左，更有朱熹案堂一座，方塘一口，诗刻一阁，雕像一尊，然游客留步者鲜矣！何也？

三访绍兴

二〇〇二年夏

朝瞻大禹陵，暮谒古菊亭。

东湖未寻见，卧龙山种影。

游子数不清，雁过常有声。

明君颂前贤，庸者借盗名。

绍兴因鲁迅而驰名，几经开发，故迹涌现，新迹屡见，或造佳景以招商，或扬古以彰地，或延高官题字以媚、以显……以至随心所欲。

卧龙山，现文种，激起遐思万千：文种一计保国，勾践入吴为质，大夫代王主国，鼎力"生聚""教训"，终于灭吴。时，范蠡辞官会西施，大夫留朝佐勾践。然，却招致越王信谗，赐剑文种自刎，呜呼！何也？

漫步太湖畔

一

西施范蠡遂心来，半是存真半是猜。

荷出淤泥而不染，功成引退焉谋财？

二

湖中睡莲效先开，浣女清溪几时回。

岸上行人掩鼻过，当家谁问此何灾。

中秋前，游太湖，客湖滨饭店，右一西班牙式别墅临湖而建，围湖之前为荷池。中一台大小岛，名田田岛，据传此乃吴王为西施而建之别宫故址，越灭吴后，西施与范蠡曾会于此。

塞上秋

长白山

二〇〇三年八月

红果神女儒鸦，

岳桦玉瀑如箭。

黑水白山走马。

沙雕浮泻，

金达莱绕天涯。

忆江南
参观海参崴博物馆

一张纸，
画个海参崴。
玩发现词行霸道，
版图大片卷而归。
何人定是非？！

清平乐
贺沙县第一中学八十华诞

二〇〇三年重阳

樟香深藏，

迎八旬齐敞。

十里平流舟竞荡，

昂首狂歌新浪。

七峰叠翠溪傍，

金沙县里凤岗。

前馆将军报到，

后庠众子漫堂。

　　沙中原建于城西，中华人民共和国成立后迁至现址。校设立于文庙、明伦堂、魁星阁、兴国寺间，现仅存兴国寺主殿，宋代名相李纲谪沙曾寓于此。校内银杏、老桂、橄榄、翠竹丛生，古树参天，以三株千年香樟为最，至今仍郁郁苍苍。

簧洪庆八十

将相香樟侍，簧洪庆八十。
狂歌兴国寺，只语为君诗。

沙县一中老同事洪荣垒先生与沙县一中同逢八十华诞，闻嘱而歌，以和以贺。

悟空朝杨

二〇〇三年九月十五日

英雄飞太空，一圆千年梦。

大圣朝利伟，三求传新功。

033

题百合

一

一科千种梓，百属万样姿。

好合需珍积，相濡矢不移。

二

逸韵千家重，和谐意无穷。

抱香枝头死，倚节北风中。

　　百合科，240 属，4 000 种以上，夏开花，系多色，常两性、数三出、被六枝，性微寒、味略甘。民皆以其名而衍，喻"百年好合"。

皎芙图

一

不娇不媚原中芙，或雨或风骨挺舒。

谁予谁铨花殿首，时红时白循天图。

二

一叶可知树，千姿各有度。

王封花殿首，圣作倾国赋。

三

花叶入药，根植广原。

逸韵倾国，美撒人间。

忆江南

唐仙有（甲申祭）

唐仙有，

众誉老黄牛。

沙县首任一把手，

如烟传奇垂千秋。

数一代风流。

　　我从省委机关到闽西北人民游击纵队报到时，直接领导就是唐仙有同志。

　　他作为纵队领导，对我这个还穿着学生装的小战士，关心无微不至：食宿，安排我同他一起；行军，嘱我紧随其后，连走山路夜行军的"常规武器"，即"打草惊蛇"的竹杖，也是他帮我准备的。当时，组织尚未明确我的职务，他就让我参与所有"高层"活动，向我介绍各种相关"机密"；一遇战斗任务，他一边同我分析敌情，一边指挥战斗；同时，实地教我如何根据声响判别子弹的远近走向……在中华人民共和国成立前那艰难困苦的岁月里，这位老革命战士、老游击队员踏遍了闽浙赣边，足迹遍及八闽大地，海岛山川，闲暇之时，还常"应邀"讲述他那不一般的经历和迷人的故事……

他憨厚寡言，诸如鱼宴抓土豪、智斗大刀会、转战塔窟岛、谨防青竹丝（毒蛇）、勇保城工部……都是他断断续续讲述的，但又都构成了一幅幅生动感人的图景。至于粉碎三县反动武装"围剿"，则是我们共同经历的。从敌情判断到作战全程，都显出了他有勇有谋指挥若定的本色……他一生低调，至诚至信，朴实无华。在我的心底里：他，是领导，是老师，更是兄长；是安泰，是工农兵，更是传奇色彩浓郁的人民英雄，确是一代风流人物！

1949年6月，他领导我们纵队同二野一部一起，一举解放沙县后。省委决定组建以唐仙有同志为书记、县长王德标、秘书长曾德聪为委员的中共沙县首届县委。他，唐仙有同志又领导我们闯过了中华人民共和国成立初期艰难险恶百废待兴的岁月，保证了沙县局势逐步稳定，人居环境逐渐安定，动员组织群众支援前线，支援解放全福建、解放全中国的工作……

后来，我的工作有过许多变动，然而，无论到哪里，我都惦记着他；无论遇到什么困难，我常会觉得他就在我的身旁……而今，唐仙有同志走了！然而，他是永生的！他的身影仍然在闪烁着，还将永远闪烁着那老游击队员、那老共产党员的缕缕金光。

卜算子

寒兰

武夷有寒兰，
刚韧蒙天与。
妆淡香淳韵如诗，
叶秀知花语。

根系大王峰，
芽出搀玉女。
矢志终身献人间，
华府称君子。

十六字令

仙

仙，
数不清玑珠万千。
曼望远，
果红映天边。

为中华人民共和国成立五十五周年而歌。

水 仙
——为仲卿水仙画题

二〇〇四年十月

天仙入水生，玉骨肌冰清。
韵香羞瘦梅，何借凌波名。

腊梅诉

洒家本梅胎，无意俏梅台。

腊字东坡赐，投缘学梅来。

说 梅

一

傲雪凌霜开，高节英姿材。

从容笑寒风，暗香扑面来。

腊梅被非梅，逸韵俏梅台。

千树尽相濡，何求同一胎。

二

傲雪凌霜顶寒开，枯木逢春俏新裁。

敛苞留芳知为谁，老树晚发待君来。

水上一线天
——游大金湖

二〇〇四年仲秋

丹崖矗两边，碧水一线天。
轻舟探地奥，蕙香濯君颜。

寨下大峡谷（金龙谷）组歌 二〇〇四年仲秋

一　悬天峡

一下金龙谷，忽见峡悬天。

群山似潮涌，急浪扑西边。

昼见众星宿，密布满苍穹。

举目定神看，原是奇洞岩。

二　出鞘剑

行中猛昂首，绝壁垂眼前。

状若出鞘剑，高似可通天。

俊比黄山石，俏羞玉女峰。

游子恨见晚，逸韵漫人间。

三　天书崖

旋入齐天谷，丹崖万仞笺。

山伯藏地奥，神笔谱绝篇。

何人能解密，郭老已长眠。

破译此天书，新科胜前贤。

谷中三景，原未名，余游间，乘兴赋予，姑作见面之
礼，仅奉导游，未报官方。

菊橘图

昨日写黄花，唱拂面东风。

今天画菊橘，问春夏秋冬。

问　藤

紫藤报春燕先知，君攀高处何所依。

千方问源寻根去，一得可敌百万师。

晨　游

二〇〇四年八月　客杭州香格里拉

漫步岳湖边，巧遇芙蓉仙。

篷出七尺外，花开绿叶前。

荷雏图

二〇〇四年八月

赤帝骑龙至，千峰起雨时。

接天如云叶，酣红映花眉。

韵逸香淳厚，雏荷伴绿移。

周加君子誉，我吟谐和诗。

塘泥乃荷立身之本，人为颂荷高洁而责泥污，过也！

访 "枫林探幽"

走进枫林不见枫，但见叶落各西东。

行至幽谷二里外，忽见山头一片红。

枫蝶图

南国枫林下，七彩蝴蝶家。

虽时大雪过，仿佛是仲夏。

忆江南

梅兰另图

三角梅，
出墙望新天。
龙舌兰冲霄直立，
虽生刺树人知贤。
酷暑霜风前。

　　龙舌兰，生山野，自立冲天。三角梅，似海归，相倚
出墙。均有刺，鲜入画，唯鲁迅，供案侧而事之。

扶　桑

四季常青花语人，一霜重洒叶尤神。

三坊陋宅知卿在，九问华堂未见君。

鸡冠刺桐

二〇〇五年暮春

户落东街面，花开赤县天。
果稀藏姓氏，君子独流连。

兰鹤问

花开朝苍天，叶语话人间。
鹤鸣大江畔，兰问古渡边。

参天玉立，花发高枝。
超群脱俗，香淳谁知？
闻蜂采蜜，则足粘斯。
若为兰故，以背负之？
香为王者，惟予众姿。
物多种属，各适其司？
乱云漫卷，匪夷所移。
似将折桂，何需陈词？
红冠素披，如祺如耆。
本寿千年，谁求若龟？
金肢独立，驱邪若麒。
或绘或塑，问谁所期？
上天穿云，涉泽捉蠡。
也歌也舞，复求何辞？
警可闻露，廉洁如斯。
鹤鸣之士，征焉何迟？

地利天时，为尔所宜。

或才或能，任尔展施。

《家语》：孔子见兰叹曰："夫兰当为王者香，今与众花伍！"乃授琴作《倚兰操》。呜呼！此"圣人"之言之行乎？兰者，根植大地，与众花伍，奋发图强，乃兰之本色，属真君子也！似当拍案叫绝，高歌赞之，焉何叹之？！然，借盆脱俗，依炒显贵，仗属发迹，乃非君子也！丘何以对之？！丘也，名叹兰，实叹己，因官场失意，不能为"王者香"而叹也！

戏说花魁

二〇〇五年仲秋　哼于长安山下

帝诏花辰发，牡丹腊日之。

侍姚它为黄，伴魏紫袍披。

国色天香语，孤云酣醉姿。

玩家庭下客，诗梓吝予辞。

辰指辰日，唐以大寒后辰日为腊。

姚黄魏紫，或赞或嘲，各作其用。至于"天香夜染衣，国色朝酣酒"，以色以香授魁，或褒或贬，也各作其解。

醉　兰

冰肌蝉衣面，玉立大江边。
香韵催人醉，今朝是何年。

忆王孙

橡榕问

风调雨顺逢天时，
叶大根多又地宜。
菌草龙头当是诗，
果无几？
遥看他山尽灵芝。

是年，中央电视台，逐一报道各省市高新技术产业化
成果，某省也"推出"一二，然，却令观者不解，闻者哗
然，责疑荐者之声四起！何也？

花 品

二〇〇五年冬

俗姓一品，走红圣诞。

以色为名，不入画坛。

渔歌子

鸵鸟辩

神行青洲疾如风，
护群勇对虎狼攻。
曾把头，
埋沙中，
急兮无计也装聋。

待　来

雨先春来到，湜后谁先知。
奶奶连夜发，丫丫逐晨曦。

仲卿闻儿媳将娩，搭机夜发。

再访草堂

世尊杜诗圣，安愁暮江迟。

文章誉草玄，何以官强之。

民建纪念宇，焉署工部祠。

寻觅遍孤村，未闻有说辞。

　　杜甫《遣兴》诗曰"天远暮江迟"，感天际遥远，江流迟缓，言"孤寂"之情。高适赠杜甫诗曰"草玄今已毕"，誉杜甫诗文如扬雄之《太玄经》。杜酬之曰"草玄吾岂敢"，句谦谨而又透出自负。然，"草玄"均指圣手之作。《遣意》的"孤村春水生"中的"孤村"系指草堂。

读《为农》

锦里嚣尘上，江村有此家。

睡莲浮几叶，右邻落浣花。

卜宅愁兹老，默耕忧国赊。

怡然如陶令，何急问丹砂。

丙戌（2006）初夏，再游草堂，读杜诗《为农》："锦里烟尘外，江村八九家。圆荷浮小叶，细麦落轻花。卜宅从兹老，为农去国赊。远惭勾漏令，不得问丹砂。"觉少陵虽说"卜宅从兹老"，然更念"勾漏""问丹砂"，官心未泯，乃于草堂西侧浣花夫人祠中，步其韵、借其词、诘其意，随兴而遣。

清音阁

二〇〇六年六月

击水双桥下，听涛辨偈眉。

未上清音阁，焉称游峨眉。

重访峨眉山，寻访清音阁，内供智贤王。前有接王亭，右是听涛处。一阁分两涧，双桥架其间，狂涛落谷底，清音溢九天，索板杈作渡，高阁接神仙。

清水湾闻诉

二〇〇六年六月

幽居清水湾，问曷苏州河。

早见奔东去，夜闻流西呵。

海尚随潮落，我又能奈何。

袒腹伸双臂，山川一大盉。

采桑子

狂歌

二〇〇六年七月

人生易老公辞老，

八十五年，

正是当年，

穿越昆仑王母肩。

山高水长征途长，

七十年前，

仿佛眼前，

遥看神舟赤县天。

为庆祝中国共产党建党八十五周年与长征胜利七十周年而作。

长征，是中国工农红军向反动派和自然条件造成的生存极限挑战、向人类史上鲜有的艰险极限挑战的英雄行为，神舟返回、青藏火车通，都是中国人民向世界极限挑战的英雄行为，令人不禁为英雄们而狂歌。

捣练子

榕之歌

古榕树，
不留须，
绿满江天护闽都。
俯瞰亲株到处是，
果黄叶大抒新胡。

小　花

蔓附新枝上，花开老树梢。

俯观山河色，仰对云天哮。

调笑令
小喇叭花

二○○六年九月　于五凤山下

真俏，真俏，
攀上枝梢展俏。
花家花迷重描，
七扭八吹远飘。
飘远，飘远，
无影无声违愿。

忆多娇

携儿孙游闽江公园

闽江边，南江边，
学步花前兰带牵，
翼舒下云烟。

广玉兰，白玉兰，
可记子衿不离鞍，
放歌万仞天。

遥　拜

寿星端坐高堂中，儿孙宴祝与天同。

感谢京都诸常侍，遥拜八闽有荣聪。

长　耀

少时京畿童，壮年立显功。

不惑誉汉中，八十不老翁。

儿歌几首

子　衿

子衿子衿，

从小自珍。

没学走路，

先学做人。

小馒头

馒头小馒头，

抬头向天歌。

一个送奶奶，

一个送阿婆。

蒲公英

蒲公英，轻工精。

向上飞，问天庭。

落下地，满园青。

又一片，蒲公英。

找姥姥

浦江边，问海天。

闽山下，寻诗篇。

找姥姥，吃汤圆。

替爹求，三尺宣。

优优之歌 二○○七年七月二十日十一点零三分

碧云蝉歌蔚蓝天，莘莘学语浦江边。

微风细雨扶摇上，南国悠悠长短篇。

龙落九天

一 花瀑

绿漫云天外，老骥古道边。

玉龙呼啸至，花瀑朝桐仙。

二 桐历

中天舒长袖，寒门不知秋。

入山看桐历，岁月逐斯流。

　　2007年立夏，游森林公园，登天马古道，人醉于古木参天之中。高处，绿浪汹涌，山风扑面而来。初阳，霞光万道，金染大地。忽见，鳞光闪闪，龙落九天，激起波涛万顷，定睛细看，却是桐花盛开，未曾见"金井梧桐一叶飘"，却读到"桐知日月正闰"。恰逢丙戌（2006）闰七月，遂执桐枝，依"桐历"所示检之，终未得证！

明月路上

一 晨歌

云山暮蝉宿雨，欧韵古堡秋风。

金发轻歌明月，嫦娥曼舞寒空。

二 奔月

嫦娥奔月去，玉兔拨秋云。

天潮伺众子，太空任耕耘。

　　岁在丁亥（2007），余客上海浦东蓝天碧云两路间，凭栏眺望，绿野无边，明月路横贯其间。看两侧，或特色鲜明的欧式古堡群落，或掩映于绿林深处的东方别墅。君可见：广玉兰高挂，夹竹桃盛开，落叶片片，红花点点；蓝桉、白桦、红枫、黑松、云山诸路，如线如网；路旁，绿荫之下，晨练者星星点点，姿态万千，肤色各异，有男有女，有老有少；相逢之时，或昂首阔步，旁若无人，或轻歌曼舞，似东似西，或淡然一笑似示友好，或欲言又止，各奔前程；往来国人，不卑不亢，友好和谐；忽闻嫦娥工程进展如期，更感自豪，心花怒放，遂歌以抒。

奥　歌

填海移山时，饮醇赤县天。
青松迎五漖，碧水丹山缘。

《三国志·吴书·周瑜传》，有程普语"与周公瑾交，若饮醇醪，不觉自醉"，言受宽厚待而甘心敬服。2008年围绕北京奥运会在全球掀起了阵阵对华友好热浪。

国家歌剧院

京都华堂后，平湖落九天。
银穹出水来，声瑟奉大仙。

　　奥运会前，随仲卿，访北京，走大街，寻小巷，更想一见鸟巢、水立方。然，都只能瞻其表而无缘入其宫。国家歌剧院虽仍"开放"，然只剩600元以上票座，徘徊良久，终不忍问津，遂于"蛋"处吟"国家歌剧院"。

醉白楼

二〇〇八年春　游杭州西湖

苏堤新雨后，柳芽戏清波。

问道乐天阁，放歌醉白楼。

千年古榕绿染天
——福州国家森林公园游

二〇〇八年夏

千年古榕绿染天，万朵睡莲自成园。

半亩旧塘任鱼跃，一片方碑落林间。

　　一进森林公园，迎面扑来竹海涛涛，高可耕天，继而卷入"鸟语林"间，轻歌醉人。千年古榕，一树成林，俯身迎候：左边碧波万顷，右边方塘两口，中间新亭一座，格外诱人，一经坐定，方觉睡莲招摇，群鱼飞跃；往北一看，新碑林立，令人不禁心跳，何也？原来是"名人植树园"，游此"名人"一人种一树，一树立一碑，个别还有"特殊"摆设。忽闻游客高声呼儿归："快来在此留个影"，继而评点大笑，仿佛又见"齐天大圣到此一游"，无独有偶。近访朱熹故里，但见清溪之畔，古榕之下，巨石之上，铭刻巨幅"莅县"视察指导之省、厅领导名职录，连陪同之县领导也未见漏，似与碑林有异曲同工之妙，当即直问此风当止乎？抑扬乎？

白玉兰

霜天苞竞紫，花发满江红。

瓣放方呈白，知君几年功！？

　　《白玉兰》系品兰有感，兴至而发。作画时乃题"迎腊空山外，霜天蕾竞红。花开方现白，识尔几年功"。

庭 园

园悬半空中，听蝉沫天风。
俯问苏州河，尔可流向东？

申 天

风雨申天谁先知，苏州河水欲何之？

窗前似有红枫影，又闻江头说鼓词。

如梦令
铸钟

南国清华诗话，
凤至奕闻驰铧。
乘闽水飞舟，
钟铸就骧京玺。
知骅！知骅！
预支百年新画。

———————————

岁在戊子（2008），应福州大学建校五十周年大庆筹委会"惠赐墨宝"之邀，乃借调作"铸钟"，涂中堂以歌以贺。

钟象黉；校一建，即"骧京玺"，自觉适应国家全局之需，真知骅也！遂借清赵翼"预支""新意"，以誉以祝以贺！

词填罢，乃行楷一幅，署"为福州大学五十华诞而歌"。兴未了，又以行草书"天风海涛狂歌众子不畏拍天潮"一幅，"为创业者创新者而歌"，署"湖叟"。

十六字令

公。
紫气东移造化工。
红天外，
闻啸质西风。

己丑（2009）初夏，为庆祝中华人民共和国成立六十周年，省拟筹办书画展，原地下党健在的负责人，积极筹划举办"闽浙赣老同志书画展"，"联络员"则电请为之作书作画，余当即应诺，并遂歌公画柿填词以庆以贺。说画柿，前为注诗赞叶，吟"十誉香山九颂枫，焉知柿叶映天红，三秋果熟它竞落，为尔羽化不言功"；今画柿填词为颂果，歌"公，紫气东移造化工，红天外，闻啸质西风"，庆祝中华人民共和国成立六十周年。

溯　源

二〇〇九年八月

山雉锦衣还，白鹇载誉归。

欢歌重崛起，溯源排云飞。

中华人民共和国成立六十周年，普天同庆，兴至乃摘丹山碧水之翠，织集八闽儿女之情，赋诗，以志以贺；为中华重新崛起而歌，为山雉衣锦而欣慰，为白鹇忠魂而敬仰，为柿叶见果熟乃竞落而赞颂；然，在大千世界中，也时可见小花攀高枝卖俏于梢，夫当知溯源方能排云飞。

社区怨

绿地青青，骄车蛮停。

是耻是荣，怨声自听。

西江月

品长白

晓雪寒山尽染，
湍流激浪生花。
美人岳桦戏晕鸦，
绝色山川无夜。

峡谷深林闻露，
奇雕玉瀑如箌。
天池大小迷三车，
野老凌风移驾。

————————————

　　白山雪染就，白水浪激成，岳桦白无几，点白为面宣，
时白授以长，如斯赋咏山水人称绝。如若依此叙说人间事，
定遭群起而质之。清代诗人赵翼在《后园居诗九首》中，
唱曰："有客"，"来送润笔需，乞我作墓志，要我工为谀。
言政必袭黄，言学必程朱，我聊以为戏，如其意所须。"读
之"居然君子徒"。一个潦倒诗人，为得"润笔需"竟如乞
者"意所须"，而作假，自当受"道德沦丧"之鞭责。然，

他尚知"核诸其素行"，果"十钧无一铢"。因而狂呼："其文倘传后，谁复知贤愚？或且引为据，竟入史册摹。乃知青史上，大半也属诬。"可谓悔悟之言。忆及"文革"时，余拒作假挨批斗而遭发配，似可自慰！改革开放后，有称"仰慕"余为"学者"为"诗人"为在其家乡战斗过之"老领导"者，请为其父百岁大庆作诗一首以"压台"。余诚对曰："敬重令尊，谨此拜祝，然不才若'补缀'充数，实对寿星不敬。"他则坦诚相告："诗稿已代草就，斧正签名即可。"余顿时不知所措，便急不择辞，直言以对："如尔所知，在下一生虽诗文论著无几，然均为自己学习探索研究撰写之成果，何况余毕生厌恶署名他人之作、剽窃他人成果、劫掠他人之文为已有。君忍令我随歪风陷浊流乎？"对话"始终在友好气氛中进行"，然确属不欢而散，真引以为憾。今，重读赵诗，复品长白，似可聊以自慰！

忆江南

二○○九年仲秋

德君

一声叫,

震散满天星。

凤鸣凰歌和谐曲,

德君正念为公经。

八骏逗蹄听。

词为仲卿《德禽凌霄》之画而歌!

古云凤知天时鸣而天下鸡皆鸣。然也云凤者鸡也!
《韩诗外传》称:鸡具文、武、勇、义、信,统称"鸡五
德",故鸡也称"德禽"。尔可见鸡"见敌敢斗""见食相
呼""信不失时",且定念"公公公"经,反顾某些高贵之
人,行似不如斯。故,余乃称鸡为"德君"。

西江月

他乡故食

演武桥边学府，
清香宴上蛎煎。
棹歌直响九重天，
小城春风漫卷。

何假他乡扮绚，
庭前故里相连。
涛声拍岸说丰年，
要人焉需弄眩？！

———————————

　　本世纪初，台某要人返闽，就餐小城名家"好清香"，
饱赏名食，挥笔写下"他乡遇故食"，餐店奉若珍宝，裱挂
于店内要处。庚寅（2010）春节后数日，余偕家访厦，食
间偶见，不禁发笑，儿问何也？乃指图以告。

优优想姥姥

桃花红，李花白。

想姥姥，坐车来。

浦莘荑，心花开。

弹钢琴，像比赛。

去公园，看松柏。

凌霄花，地上栽。

听鸟语，把头抬。

过大年，我还来。

天净沙

上海旋风

二○一○年五月

神舟嫦娥太空，
女娲鲲鹏蛟龙，
古道狂涛耸动，
朝霞沆洞，
世博上海旋风。

余年少时，酷爱元杂剧散曲大家马致远那句句入韵平仄混押之小令天净沙："枯藤老树昏鸦，小桥流水人家，古道西风瘦马，夕阳西下，断肠人在天涯。"真乃景雅情重，掷地有声。暮年，则惜其生气难觅，凄凉有加，然其景其情其声其韵常激人遐思无际。君可知丁亥（2007）喜奔月，戊子（2008）唱奥歌，己丑（2009）庆六十，庚寅（2010）迎世博。一时间，朝霞弥漫无际，真乃"沆洞不可掇"。其间，虽逢地坼天崩，汶川高岸为谷，金融风暴猛袭全球。但见，我若女娲，"炼彩石以补天"，声震寰宇，国人扬眉之余似曾随萌鲲鹏之感？！鲲，鱼也，化为鹏，鸟也。背，"不知其几千里"，"怒而飞，其翼若垂天之云"，《谐》之言曰："鹏之徙于南冥也，水击三千里，抟扶摇而上者九万里"。然，用那样充满奇特的想象和浪漫的色彩、描绘如此之大之能之强之鲲之鹏之庄周，最后也说它比起"天之苍苍"，"亦若是则已矣"。余俯首凝思，面前忽涌"万里长征第一步"七个大字。观之，已蒙微尘；拂之，金光闪闪。

《上海旋风》填于庚寅（2010）五月，时"蛟龙"乃泛喻。八月喜闻我载人潜水器"蛟龙号"，一潜 7 000 米，又宣告我"锁定目标悬浮独步全球"令人喜出望外；复闻上述深潜原成于五月，恰与余填词择辞时间，不谋而合。虽是巧合，然，如说"心有灵犀"也似不为过。

暴　雨

二〇一〇年夏

暴雨新山过，凉弥别墅天。

泥石卷坡下，篷门漂前川。

初 伏

蝉催黄梅去，云卷垂天蓝。
朝迎初伏到，暮闻点刹丹。

　　金融风暴乍起，中国奇迹瞩目，独领风骚，世人闻啸质
西风。然，我乃泱泱大国，不忘己丑，庚寅之年，但现"蜗
居"漫全媒，"蚁族"成新士，官盗易冠急……一时间，泡
沫之论急涌，过热之说遂起，舶来"点刹"之丹应市而出，
溯源、追根、论策、探索之议遍及弄里，沉思一族沉思！！

品 花

柳絮随风去，牡丹携子归。

杜鹃望月醉，玫瑰正待闺。

金钟知倒挂，莲荷报藕肥。

海棠忙吊丝，桂韵扑荆扉。

兰与众花伍，辛夷问天非。

芙蓉抱香死，寒梅傲雪霏。

常云阅桐知闰，探花问季，求木知年。我热爱读山阅水，闲暇也品花。

离休后，寓沪清水湾，经年累月，漫步苏州河畔，但见屋前屋后，花开花落，品赏之余，常有所思。而今，十年已届，兴至乃歌，遂学五排，借以试品。

古来议花性评花品，多为文人墨客感思抒发之辞，自是仁者见仁智者见智。然，花确有性、有韵、有品、有位。惟如何给予客观评说，也确非易事。仅就花魁谁属，就众说纷纭：

春秋，孔子（公元前551年－公元前479年）见兰，叹曰"夫兰当为王者香，今与众花伍"；明人张岱，更将其神化，称蜂采蜜，"凡花则足粘而进，采兰花则背负而进，盖献其王也"。"为王者香"被视为"王者"。

及唐，牡丹已入皇家内殿。尽管《全唐诗话》《唐诗纪事》《夜航船》中对唐皇与程修己对话的表述有所不同，尽管其间问者一说唐文宗一说唐玄宗，诗作者一说李正封一说季正封，且连诗句前后都不同。但前后说词无论如何理解，牡丹被唐皇关注，似是"共识"，牡丹似乎也就这样被"花首"了。

至宋，海棠始与牡丹齐名。宋真宗赵恒（998－1022年在位）御制杂诗十题，则以"海棠为首（题）"。然，赵咏之海棠何也？是晏元献公殊始植之红海棠红梅？或妇人泪洒地而生的"色如妇面"之断肠花，秋开海棠花？或春开后呈淡红的海棠花？抑或"西府海棠""昌州海棠""垂丝海棠"？一时无从查考，也无需认真查考。但宋元之后海棠"盛名"可能已远播于"达官贵人"之间，似是时实。

其实，我们至今仍未见到哪朝哪代的帝王"册封"过何花为王为首为魁的"真凭实据"。即使有，也是一朝之议一家之言，是故更不用去争诸如"孙悟空故乡"之类问题了。何况，所谓"花魁"谁属不外乎是要说什么花是最美的。这种所谓美感，本来就是人对于美的主观感受、品赏和评价，本身就受各种主观因素的影响和制约，本来就是一种各有所好的事。如果有谁一定要把什么花什么石定为"国花""国石"，如何对待则是另一个问题。

至于花品，过去曾有不少人研究过、评说过，如周敦颐《爱莲说》称：菊，花之隐逸者也；牡丹，花之富贵者也；莲，花之君子者也。理据何在？均系作者自身主观感受之言而已。有些褒奖之词比如我们常誉梅"傲雪",其实,也不尽然,大庾岭上梅也是"南枝花已落,北枝花方开"。至于借花喻物,宣褒贬之意,确也常见,我画《一品红》,也曾题曰:"俗姓一品,走红圣诞,以色为名,不入画坛。"

品花,不过是闲暇自娱、自乐、寻趣、消遣之举;也许还是抒情、言志、修身、养性之道。当然,借花以抒心、叙见,也非鲜见!

雷达兵
——为北大帽山雷达站而歌

二〇一〇年十月十四日

我是雷达兵，日夜巡空行。

仰捕云天外，俯闻朝露声。

　　重阳节前两日，余等五位离退休院长，应邀造访驻榕部队。晨，在钱旅长亲自陪同下，同车径驰大帽山。

　　及顶，但见战士列队于营门之外，威武无比，站长前来"报告""请示"。在大家公推之下，余代表接受"报告"，下令"稍息"，并代表前来的老兵、院长向他们"致以最崇高的敬意！"顿时，掌声响彻群山，盛情驱散浓雾。在站长们的引领下，我们参观了雷达站的里里外外，听到了看到了关于它的方方面面。顿时，胸中激起万顷波涛，铸就了一句话：我们的战士、我们的军队太可爱了、太可敬了！乃情不自禁地为之引吭高歌，并即席书就"为北大帽山雷达站而歌"送给他们，以表敬仰之意，忽闻"站长三次致礼以谢"。方觉言轻礼薄而愧！

三五七言

相思树

相思树，

相知情，

琼珠洒人间，

簇眉拥天明。

八十风云一弹指，

志在千里击楫声。

————————————

　　相思树，非名木。叶如簇眉，干韧枝秀，伸屈不阿，
飓临不拔，阳焰昂首，雨暴护基；果熟深红，爆撒作响，
花开金黄，如琼如珠，美洒人间。古代就有其美丽传说。
《夜航船》称："韩凭妻封丘息氏，康王夺之，凭自杀。息
与王登台，遂投台下死，遗书于帝，愿以尸骨赐凭。王弗
听，使人埋之，冢相望也。信宿，有交梓木生于二冢之
旁，旬日而枝成连理，鸳鸯栖其上，交颈悲鸣。宋人哀之，
号曰相思树。"说此树因爱而生、因情而名；余思之、念
之、爱之，乃因自幼在其林荫下，受庇、受护，更因知之
而爱之，且常见之思之而歌之！为不重于2002年之《清平
乐·相思树》乃用《三五七言·相思树》为题。

　　曹操《步出夏门行》，一艳四章，以末章《龟虽寿》流

传最广。而更被广为传颂者当数"神龟虽寿，犹有竟时"，"老骥伏枥，志在千里；烈士暮年，壮心不已"。他看清神龟虽寿三千，仍未免一死，而不求长生、百岁。他自指老骥，仍"志在千里""壮心不已"，而无悲怆无为之感。然，曹操享年六十五岁，成此辞时年仅五十二左右，正是"年富力强"之龄，更非暮年。余虽年过八十，仍拥祖逖击楫志，望为祖国山河一统、人民富裕安康、社会主义事业繁荣昌盛而战而歌。

三五七言

笔架山

笔架山，

文笔峰，

画个新天地，

巧可夺天工。

朝黑暮白几回转，

六百七十谁人功？！

　　庚寅（2010）应邀，赴泉港，访炼化，入厂区，但见管道纵横交织，罐塔错落有致，一望无际，"人烟稀少"，年处理原油1 200万吨，产值600亿元，上交两税70亿元，职工号称2 000余人。然，直接从事生产者，主要是中控室"两班四倒"的一百余人。整个生产管理流程架构模式均为全新、全自动，令人耳目一新。继而驱车40余千米，至惠安青蓝山原油码头。是日，恰逢一30万吨油轮到港，一座长200米左右高大如山的庞然大物，停靠在300多米长的码头边，在大海的背景下，虽大也未见其大。原油经渡桥管道直输进各大储罐和经海底管道直输厂区炼制，产出石油、塑料化纤原料，使企业成为"无工业垃圾企业"，"污水也

经处理，净可养鱼；但仅供观赏，不可食用"。几年间泉港区已成"现代城市"，一派繁荣景象，并闻传颂"翻身要靠共产党，致富是靠炼油厂"。然而，逗留不及一日，仍闻质疑之声阵阵，一曰，无工业垃圾企业？柏油剩渣何去？二曰，无污染，为何公司职工2 000多套宿舍改建于泉州，"总部经济"一语可释乎？三曰厂边村庄，癌症频发，何也！如此等等，似仍需予关注。

刘公志

刘公志兮钊万世，

薪火传兮四不易，

众子扬兮铸重器。

久仰刘玉水先生为祖国为乡梓倾资办学。

庚寅（2010）金秋，旅榕诸耆，应邀造访荷山，皆颂先生诚践"荷校不成死不休"之誓，更闻薪火传承，四世未已。师生校友，践斯扬斯，矢志举胆，倾心倾智，倾资倾情，倾力兴学，造就荷山中学崛起东方，孕育出气贯长虹之荷山精神，成为中华文化之新瑰宝。余等不禁为之高歌：荷山精神万岁！

忆江南
悼公德

君可见，

绿地满疮痍。

说是私车无停处，

强词夺理竟如斯。

能不称匪夷？

儿歌三首　　　　　　二〇一〇年十二月

一　闽江边

闽江边，碧蓝天，

门口就是大花园，

我和姥姥去聊天。

二　墨尔本

墨尔本，海深蓝。

轻风拂面来，

碧波漫金滩。

南看企鹅戏冰山，

北望唐山问爷安。

三　鸵鸟

飞飞飞，什么鸟儿都能飞，

为啥不见鸵鸟飞？

追追追，鸵鸟跑去把车追，

赛跑冠军会是谁？

归归归，鸵鸟勇斗豺狼归，

护群桂冠会属谁？

秋风乍起，桂香漫园，优优随父母赴澳而今已三月有余，她，喜欢这里的幼儿园老师；她，常会问姥姥什么时候来？她，一不高兴还会说，我要回中国去！轶儿说她还是喜欢中国的诗歌，要讨支歌儿唱，乃依嘱草就，当日传澳，未知可合莘莘"口味"？

笔架山

二〇一〇年十二月

大雾舒漫笔架肩，轻纱长垂知玄天。
重云包头风将起，嫦娥奔月簾徐卷。

鹤寿千岁

天人论鹤寿，七十为童龄。
卿享千岁福，吾伴驾轩行。

2010年12月24日，仲卿七十大寿，若以流行赞语颂之贺之，终感不足以抒。乃步《淮南子·说林训》"鹤寿千岁，以极其游"之意，而吟而书而画，以祝以贺以祈。

黄 鹤

黄鹤落险滩，云浪催天寒。

清风慰山姑，梦寄獬豸冠。

　　晨练，忽见一"少妇"，飘然而至，仰面笑问：老校长乎？余讶然而问：尔是……？她自报姓名家门，称吾乃陈君妇，生连城，一护士，得绝症，位险处，难术治……言至此，谵然止。余震而不知所措，急不择言：陈君，吾知之，才子也；汝又业医，且尚年轻，尔俩共谋，定有良策无虞也！她头低垂，似自语，余生于五七，年逾五十，近老朽矣！顿时，冠豸山，赶山人，村姑……急涌而上，便本能而发：非也，五十乃青壮之年，况今医药发展，一日千里，惟需多问多谋，慎定治疗方案，定可战而胜之！语罢，自觉言之无力，难尽安慰激励之意；后，余关注医药新闻，略有所得，欲告未遇，憾也！昨晨练，见陈君，泪称先室二月仙去，呜咽不止，尽现梁孟之笃，情景感人，余虽劝慰，却感语塞，真望普天之下，如斯伉俪都能长相守。然，苍天却不作美，人又奈之何也！？

113

渔歌子

潘山

西园贾歌山海经，
东山华倡慎思行。
南神庙，
北官厅，
潘山遍野尽花翎。

前，潘君一见面，常抚余肩称学长，也曾邀访其长乐故里。余慕其名，不敢惊驾，却两度游访。但见山清水秀，景色称绝；村落古色依旧，祠宇金碧辉煌，尔可见，"一村两代表"华匾高挂，却韵味不俗；摩崖石刻神雕遍野，却错落有致；一访再访，更觉神满山，官满山，山有山头帝，龙影时可遇；山美村雅，山雅过村，潘色鲜浓，故余称之为潘山。

塞上秋

二〇一一年一月

游侯官城隍故址东眺

闽都城隍古衙,

华车丽苑新裂,

野火胡笳宸厦,

一叶撕下,

两江星荡天涯。

　　沙溪、建溪,会剑津,为闽江,东流而下,至闽侯上街淮安城隍,一分为二,两江分抱南台岛,同涌东去,至马尾,复合二为闽江,向东北奔流,汇入东海。南台岛遂以其自然优势,成为闽都明珠。岛上,古木丛生,杂花生树,沼泽遍地,与鼓山鼓岭一起,誉为福州氧源,有闽都两肺之称。在市"南进战略"下,一时间,绿岛之上钢筋高架拔地而起,沼泽地里,水泥横流,巨型根雕行业方兴未艾……"一叶撕去"却换来了"广厦万千",然,君可知一肺供氧有多难?谁与评说!?

鹅鼻之歌

鹅鼻萝卜北峰鸡，佛手瓜蒌茶灵芝。
致富万家新模式，创新七年出真知。

庚寅（2010）岁末，应邀赴宦溪创新等村专家大院
"走读"。但见新技新事新品层出，它不仅在技术上创新，
更是在经营模式上创新。它，不仅回答了如何使科学技术
与经济社会结合、专家与农民结合，推动经济发展；而
且，回答了如何既让一部分人先富起来，又让广大农民共
同富裕起来的问题。"新模式的核心""真知"的要害，就
在于如何根据时代特点引导农民重新组织起来，发展现代
农业，走共同富裕之路。

戏 言

强震国移天惊，狂啸鲲鹏击瀛。
核爆污尘漫勃，戏我薪忧地倾。

　　岁在辛卯（2011）阳历三月十一日，余小极住院，恰福岛强震，地移天惊，海啸卷市，核电爆炸，灾震环宇。郑君戏言：尔动而震，其语双关，意在言外。

话平潭

鲲化高浪去，鹏翼垂东岚。

结合开新路，千礁不畏难。

厦披金镂甲，尔铸新海坛。

石帆观今古，天工铭绩栏。

北冥有鲲，化而为鹏，"怒而飞，其翼若垂天之云"。鲲化抹平东岸高浪，鹏飞卷起南海风云，平潭综合试验区应运而生，"二十年再造一个厦门"，随之响彻八闽。辛卯（2011）六月，省炎黄文化研究会组织理事前去"感受平潭发展变化"，《话平潭》乃有感而抒之言。东岚、海坛、千礁之县均为平潭别称。近岛，可见巨石如帆，冲天而上，是为石帆，乃平潭一标志性自然景观。

春兰凌风
——七句七言七韵歌七一

七一种播赤县中，

九十征程创奇功。

结合谱写东方红，

长房竹仗葛陂龙。

崛起思念毛泽东，

大地春回尚凌风，

还求来日五洲同。

　　仲卿为祝中国共产党九十华诞画兰，余应约赋诗作题以和。《诗经》中，五六七句似非鲜见，梁昭明太子萧统《长相思》系五言六句三韵，司马相如《凤求凰》乃七句七韵，形式句字固应有格有律，然常因内容而异。

念奴娇
莽昆仑

昆仑崛起，漫人间，播撒诸多情哲。

痼疾令姗姆病发，几晃荡西穹裂。

蜩蝇学鸠，嗡嗡乱叫，欲与双舟决。

强桩重阵，航母东海集结。

我把援手长伸，高歌猛进，炼石补天缺。

君可见东方红遍，更现艳阳如血。

蚍蜉妄使，江山坍塌，改道易车辙。

昆仑巍然，行康庄朝京阙。

欣逢中国共产党建党九十大庆，普天同歌中国新崛起，夜读毛泽东《念奴娇》词，乃借莽昆仑为题，寄同调，步其韵而抒，以和以贺。

长相思
武夷中秋夜

乘轻舟，问轻舟，
九曲当知深山求。
松明志可酬？！

车灯流，彩灯流，
人潮中秋涌天游。
月满望孤洲。

　　度中秋，犁驾车，访武夷，九曲重游，屡逢白鹇望清溪。月夜，登天游，南望孤洲。近处，夜市一片；深山，松明灯亮，交通站又现！忆一九四九年初春，余奉调闽浙赣省委，行入深山，已是黑夜，忽见山灯一盏，忽明忽暗，有如夜航见到灯塔。一路沉默"保持距离"的老交通，停了下来，说声"到了！"走近交通站，爷孙二人早已迎候在外："终于到了！"高悬厅堂正中的松明灯，噼叭连爆，金花四溅，散发出迷人芳香。我们都不约而同地仰望上方，老人笑曰："松，脂丰而寿，皮创泌脂为松香，劈杆成片为

松明。松明爆星如同灯芯开花，喜也！喜也！报大喜之将至也！"他，眼神移向孙女："她幼年裹足，此前方'放'，是解放，小解放；现在要迎的是大解放、大光明、劳苦大众大翻身，当家做主人，这是大喜呀！"从那之后，我一直把它作为松明志，铭刻在心！

渔歌子

墨郊晨歌

绿漫青山逐浪飞，

红玫斗大小桵肥。

花白发，

凌云衣，

晨风夜雨伴尔归。

长相思
红桉

二〇一一年十二月二十七日
于墨尔本皇家植物园红桉树下

大袋妃，树袋妃，
袋鼠袋貂都是妃，
焉唯白启扉？

红桉肥，蓝桉肥，
陈皮一撕就发威。
可知战为谁？

岁末，游墨尔本皇家植物园，访作为一景之"红桉树"（The Red Gum），此乃1851年为纪念维多利亚从新南威尔士分离出来，成为同新南威尔士同级殖民地而植之树。它，在之后的160多年中，虽经风摧雷击，仍巍然屹立，生机勃勃，突显本色！桉，有澳大利亚国树之称。它，皮自脱而茁长，尝同落叶自燃而不伤身，有如我国古代束皙《发蒙》所称"西域有火浣之布，东海有不灰之木。"红桉，乃

不畏风摧雷击而自强，含芳香、染群山而迷人之树也！Gum，为多义词，常被人为操作，盲随"美俚"，而假红桉之名，行背其性，对内推行白澳主义；对外跟随虎狼，以至引狼入室，何也?！其实，今日广大澳人更为期待的是：一棵棵象征独立自主、和平友好、富强安康的"独立之树"，根植大地，苗壮成长！

西江月
沉思南天下

二〇一一年十二月二十九日　于墨尔本

旷野晨霜寒彻，
清烟热浪蓝天。
客居休闲维都边，
应卯巨鸦一片。

袋鼠鸸鹋彰显，
雄师皇冠高悬。
还权曾诺几多年，
谁问何时大选。

　　这是一方神奇的土地：酷暑，常见绿野晨霜；山火，催长"不灰之木"。一个人均国民收入位居两千万以上人口国家之首的发达国家，却是世界宜居城市最多的国家。它，向世界展现了经济与环境协同发展的生动景象；它，也向人们展现了一些令人费解的景象：一个宣告立国已经112年了，国庆日不是宣告立国之日，而是英国总督宣称澳洲从此归英国皇家所拥有之日。这个号称民主、自由、独立、发达

的世界大国，国家元首仍是英国女王。女王任命的总督，在这里仍然是至高无上的。2007年大选时，工党领袖陆克文曾说"澳大利亚已经是推选自己的国家元首的时候了"，高票当选了总理，成为工党的英雄。但在任期未满之时，却发生了"政变"，含泪下台，出现了世称"澳政权闪电更迭"。舆论哗然，何也？令人沉思，究竟是什么样的幽灵，在这方神奇的土地上游荡、在这个迷人的国度里呼风唤雨！？

忆秦娥
企鹅归巢

天微黑，
汹浪卷起千堆雪。
千堆雪，
惊涛响彻，
企鹅声咽。

时闻洞穴雏啼血，
归巢步履坚如铁。
坚如铁，
挺胸昂首，
情真山裂。

忆王孙

袋魂

荆居素食哺儿孙，

有袋当承中华魂。

忘祖诽师时有闻，

至黄昏，

仍待尔归不闭门。

　　岁末盛夏，漫游企鹅岛，但见，长空与汪洋争蓝，清风伴酷暑消夏，惊涛拍奇石，激浪戏群鸥。而最为动人的是企鹅归巢情。

　　然而，此行给我留下最为深刻的印象是：时可见袋鼠迎宾于途，鸸鹋和善待客之情，也许这正是澳大利亚国徽中设袋鼠鸸鹋之初衷？百度称此二者乃澳洲所特有。然，非也！目前已知有袋类就有334种，其中200多种生活于澳洲。况有袋类的化石，最早发现的是生活在一亿两千五百万年前的沙氏中国袋兽（Sincdelphys Szaly）。袋鼠的老祖宗也可能在中国，东北朝阳已有化石为证。如从物性寻解，也许更有新意。其实，鸸鹋，禽也，常称鸵鸟，它以护群勇对虎狼攻而著称于世；袋鼠，兽也，却以和谐与邻相处无私抚养同类而垂范林间。

长相思
丛林汉

爱尔兰，欺尔兰，
入狱含冤妹遭残。
怒骧而揭竿。

丛林汉，绿林汉，
劫富扶贫济苦难。
又一罗宾翰。

————————————————

　　墨尔本旧监狱，"官方旅游指南"称它是"感受罪行与正义""体验'被逮捕'的滋味"之地。它集监禁至绞刑诸功能于一身，曾有135人在此被绞杀，包括"声名狼藉的丛林逃犯Ned Kelly"。Ned Kelly（内德·凯利）何许人也？他，是有着爱尔兰血统的19世纪新移民，生活异常艰苦，被诬指盗马而含冤入狱；更因警员企图强奸其妹，方愤起开枪击之而被通缉，乃揭竿而起，劫富济贫，被冠以"绿林大盗"之罪而被绞杀也！此系澳大利亚知名度最高之传说，并多被官网所证实。闻者皆问：真正作恶犯罪者何人？正义究竟在何方！？内德·凯利（Ned Kelly）已成为民间英雄的同义语！

采桑子

梦回晨霜

蓝天绿野晨霜重，

神影仙踪。

鸸鹋行空，

威震迷狸潜海中。

红桉墨竹凌风种，

夜色朦胧。

企鹅收工，

袋鼠安栖紫薇宫。

　　鸸鹋，巨鸟，虽不能飞，但却有戴宗神行之能，吕尚
封神之威。"二战"时，日本潜艇迷狸曾潜澳。

采桑子

鹈鹕

捕鱼能手千秋名,

沉水抓鱼。

竭泽抓鱼,

为追时风逐浪居。

而今识尽喂养戏,

"大智若愚"!

"大智若愚"?

却道"饵鱼总不虚"?!

四月,应邀参加厦门大学悉尼部分校友几成制度之周六海滩游,品尝麦加里湖与凯萨琳丘湾交汇处风光。令我欣慰的是她(他)们都是事业有成、生活安定,且日子过得比较宽裕,属华人中之佼佼者,然似都令人有才华未尽其用之感。在归途上,我想得很多的是鹈鹕。

书云:"鹈鹕处处有","喙长尺余",翼大善渔,群居群飞,翅振同拍,其姿尤美。古人在几千年前,就说"鱼不畏网而畏鹈鹕",它确以"捕鱼能手"著称于中外古今。

在此湖海交汇处，聚集如斯浩大种群，确是一大景观。"喂鹈鹕"遂成此地招揽游客之一绝。岸边空地，大群鹈鹕仰脖恭候于喂养处；岸外水泽，还有三五成群、若无其事地理毛嬉戏。喂演者每隔一两分钟抛上一条小鱼，令人意外的是：大群鹈鹕引颈静观，既不张口待哺，更不凌空抢食，而是见小鱼将落，近者脖子一伸，准确、快捷、张口接"招"，却毫无争夺之象，真乃君子之风也！确令海鸥那道貌岸然、文质彬彬、逢食必争、丑态百出之伪君子汗颜！鹈鹕也像知道自己是被骗来当"群众演员"的，故时而走离几只；然而，次日同时，它们照样成群毕至。何也？！偶读（宋）辛弃疾《采桑子》："少年不识愁滋味，爱上层楼。爱上层楼，为赋新词强说愁。而今识尽愁滋味，欲说还休。欲说还休，却道'天凉好个秋'！"呜呼，人禽情思也有相似处，乃寄同调，借二三词，填一阕以抒！

旅途偶遇

二〇一二年四月

陈篱散落乱茅东，电闪雷鸣骤雨中。

铁顶华宇也有洞，生花熟叶自染红。

栗　歌

栗家高树上，众子着娘衣。

初秋烈日下，哔叽奋蹄飞。

长相思
禽乎兽乎

二〇一二年五月　于亚拉河畔

似飞狐，是飞狐，
亮翅枝梢自成壶。
两岸红桉虞。

说怪乎，也怪乎，
鸟语禽翼却称狐。
女峤都迷糊。

注：传说禹行涂山，三十未娶。有白狐九尾造访，涂
人歌劝，禹乃娶之，谓之女峤。

忆秦娥
柠檬结

柠檬结，

甜酸垂缘参商辙。

参商辙，

繁花如雪，

志刚熔铁。

偏师林间称豪杰，

薯香重卷乡情结。

乡情结，

远山激浪，

汉家天阙。

　　旅澳闽人，群雄荟萃，艰辛奋斗，传奇俯拾，乡情感天，《柠檬结》《玉砌他山中华魂》《乡情》诸阕，均似难表此情此意之一二！

踏莎行

玉砌他山

文笔山巅,

武夷放眼,

狂风暴雨驰张阪。

乱云漫卷老侨乡,

蒙师声里骆惠敏。

南洋小游,

西洋往返,

孤洲长眠不知远。

他山玉砌中华魂,

思君唯抚尔长简。

　　骆惠敏,1928年生于惠安张阪,经蒙学,下南洋,曾回国,参加抗日;后旅新马,赴英伦。1953年获剑桥大学中欧关系外交史学博士学位。1963年到澳大利亚国立大学任教,是澳大利亚著名的中国史学家。在对中国清末民初政情内幕、袁世凯政治顾问莫理循的研究上,以及在对历史科学研究模式的探索上都作出了杰出的贡献,著

作颇丰，学界称"他写作的每个字都是值得信赖的"，"他是一位有创造性的史学家"。1981年被选为澳大利亚人文科学院院士。2006年6月病逝于堪培拉，享年84岁。众所周知，骆惠敏不仅是一位著名的历史学家，更是一位热爱祖国热爱故乡的华侨，并为发展中澳人民友谊作出了积极的贡献。

踏莎行
乡情

陈潼关开，
洛阳桥转，
他山古道乡音显。
当空皓月漫南天，
孤洲狂野亲情暖。

巍巍蓝山，
涛涛义满，
袋姬抚幼未曾晚。
鸬鹚护群冲霄汉，
轻舟破浪须眉展。

旅澳近年，深感乡情溢南天，时而情不自禁地为之引吭高歌。岁末，澳大利亚同乡会会长庄志刚先生又邀为该会撰写《会歌》，乃遵嘱草就《我的祖家在中国惠安》，词曰：

我的祖家在中国惠安，南有洛阳桥，北有陈潼关，东是漫长的海岸线，同澳大利亚一水相连；老金山，新干线，从田园到街区，都洒下我们的血和汗，我们在澳大利亚建设新家园。

蓝山文笔山隔岸相望，我们背靠唐山，心连心，唱着爱拼才会赢，还常回家看看，那是把我们永远连接在一起的亲缘，中澳友谊，代代相传，一往无前！

调笑令
白版冤

省级，省级，

老艺一邀云集。

版红版白都行，

东望西窥奉承。

承奉，承奉，

纳贡尾随寻缝。

　　白版，古有"封侯者众，铸印不给"世称"白版侯"。今借指已"卸肩"无印之官已为民者。

　　倾闻"省军级名誉会会长书画展""隆重举行"，为之一震。古今中外，书画之展，似多以代、以区、以人、以行、以系统、以书画类别等范围举办，未闻以官级组展！不知组织者此举何为？作"政治表态"？似不尽然！为彰显"官员文化素养"？也非尽是。质疑者各作其解：或问是否与"雅贿"有染？或问是否为"恋栈"之心招魂？或问是否为"卸肩"为民者慰寂？更有人质疑组织者有借"白版"以"自拔""自彰"之嫌。似当为"白版"喊冤！然，此不失为继某"国家森林公园"为"名人""植一树立一碑"树碑成林之后的又一"新创举"！

河 传

罗阳

海港，

空港，

忙首航。

蓝天汪洋，

激浪，

战机呼啸英雄旁。

罗阳，

铁肩扛大梁。

别酒沈城千万语，

匆离去！

行歌惊风雨。

仙竹模，

葛陂舻，

舳舻，

环宇变通途。

143

罗阳早逝，行惊风雨，但见英灵呼竹仗，葛陂化苍龙，舳舻连千里，自由驰骋于远洋、长空、深海、深空、物质深层之中⋯⋯

清平乐
沙县之歌

虹溪竞渡，
大道金沙铸。
绿野无边知去处，
撑起新天一路。

实说实干清风，
敢拼科学真功。
今日高歌猛进，
明天缚住苍龙。

　　古称金沙县，今当作新释。几度造访，均可见：它，在共和国三大崛起行程之足迹，几居前列。此来同度"沙县小吃节"，游故地，寻故友，访新建，更觉十年巨变，古县化新城。实感古风新韵交展，格外迷人：绿浪无边，飞瀑流泉，峭壁悬岩，如剑如屏，聚峰入云；镇疆卧佛，冲天高塔，称绝中外；爱国名相，闽学先贤，文脉漫卷；农民领袖，长征英豪，开国将帅，身影相映，慷慨悲歌，余音绕

梁；古道新企，老校新址，问童子旧街，都说不知处；"民以食为天"，"沙县小吃"撕开新天一片；尤闻"实说实干敢拼敢干"之"沙县精神"正扬，昭示古县还将展新姿！词中"敢拼科学真功"，仅为强化沙县精神中之创新、以智取胜、科学发展之意也！

清平乐

林浦

二〇一二年十二月

山祠宫殿，
古庙三台院。
空阔水天林浦现，
进士尚书街见。

濂溪书院迎风，
可知山长辰翁。
群雄淡居一侧，
将谁供为岱宗？！

　　林浦，位于福州东南郊，闽江之滨，确是个"水天空阔"之地。

　　南宋末年，元兵南下，宋廷南迁，曾在此以祠为宫，以庙为院，历时半载。后人按传统与时解，将其"复原"。

　　祠：塑宋太祖赵匡胤，端坐于中；拥立之帝，衣冠楚楚侍于侧。尽管"宫灯"上"五代残唐乱纷纷，陈桥一举天下平，大宋江山从此定，岂容胡儿乱神州"字字闪亮，然此时此景此"诗"是颂是讽，则是各作其解。

村庙"议事厅"：中塑宋末抗元名臣陆秀夫。临安陷，陆等退福州，拥赵昰为帝；昰薨，立赵昺为帝，陆任左丞相（1278）。后，退广东，继抗元，崖山破，乃背负昺投海殉国。右塑抗元名臣文学家文天祥。文，字履善，号文山，宋德祐元年（1275）进士第一；次年，任右丞相（1276），组集义军，卫临安，奉派元营谈判被拘，脱险后，至福州与张世杰、陆秀夫等继续抗元；在广东海丰被俘，坚拒修书劝张世杰降，作《过零丁洋》以明志；在大都狱中，作《正气歌》，颂为正义而斗争者之民族气节，抒继续抗争之意志，被囚三年，顽强不屈，元至元二十年（1283）一月，壮烈殉国。一生著作颇丰，《指南录》四卷，被称为"诗史"。传世者有《文山先生全集》。张世杰等战将名臣，或塑于"殿"，或画于壁，可谓"满堂忠烈"。

惟陈宜中有人以他"施财惠民"而给予特殊"待遇"，独建一堂于外而供之。陈何许人也？进士出身，前，依附贾似道，贾乃以丞相领兵，私向忽必烈乞和称臣纳币，诈称大胜而官居太师平章军国重事，后因叛敌误国而被革职放逐。元迫临安时，陈任右丞相，乞和无效，逃回乡；继赴闽，参与拥立赵昰为帝，任左丞相，景炎二年（1277），见势更危，则逃往越南，后移居泰国，真乃潜逃之"相"也！

近处，濂溪书院风韵犹存。"文光射斗"，引人退思！爱国词人刘辰翁，景定三年（1262）登进士第，因与权臣贾似道"不合"，以母老为由，请为濂溪书院山长。他确于景定五年（1264）应邀入福建转运司幕，后入福建安抚司幕。咸淳元年（1265）即转临安教授。然，林浦濂溪书院创于何年？与刘有何关系？均属待考。

采桑子
楼歌

二〇一三年二月　于新加坡

琼楼玉宇而危楼，

前眺陂沱。

后唱陂沱，

多少舒心为楼歌。

悬天巨舰凌空过，

无声悬河。

激浪轻舸，

人海铢流一宸驮。

　　癸巳（2013）春假，随儿孙，走香港，游巴厘，旅行
新加坡。在一城之国，仰望，楼群崛起，错落有致。驰车
观光，却是绿满大地，恰似走进一大公园。入住金沙酒店，
足不出户，走动两日，方才过半。顿觉楼宇文章大！

　　可曾见：三座高楼并立，冲天而上，一艘巨舰如冠，
在高空将三楼连为一体，更见一楼之中、一檐之下，功能
无数，景色万千：空中花园、无边泳池、大剧院、艺术廊、
博物馆、赌博场、购物场、溜冰场、信息亭、金融机构等

149

应有尽有。君可见：无声悬河，平流于店前石椅背后；激流轻舟，奔驰于商铺门前；四通八达的电梯穿行于空中花园与神秘地宫之中，尤令人惊叹的是80多座中国黄龙山老黏土烧制的高过巨人、围可及丈的特大型树盆营造的"升林"，有序地安放于大堂之内。这一切，又都呈现于一楼之中，真乃奇哉！美哉！伟哉！

梅 梦

二〇一三年清明前

武夷双峰下，稚香漫远坡。

寒梅思乡切，梦醉母怀歌。

女儿爱武夷寒梅，清明前，思乡索画，闻讯而歌。

踏莎行

二〇一三年四月十八日

忆王浩

北海南天，
鹭江击楫，
狂风激浪同窗脊。
闽山古道黎明前，
金沙县里寻枪急。

往事可圈，
情深永记，
催生诗词知几笈。
进军百岁呼声重，
问君何伋登天际。

王浩，原名典清，是我在国立第一侨民师范学校的同班同学、学生领袖。在我们眼里，他刚直敦厚、乐天低调，为扩大游击队，只身从闽南到闽北找我寻索枪支弹药，抓大事不含糊；对古诗词也颇有造诣，是福建省诗词学会副

会长。他，轶事无数，可圈可点，从不张扬，是共产主义
的好战士、人民的好儿子，同学朋友间的"老大哥"。几
年前，在榕校友聚会，他还情深意切地呼唤大家向百岁进
军！仿佛昨日！

忆江南

天门山

天门苑，
绿浪释云烟。
悬崖撑樟榕戏暑，
千寻瀑直落深渊。
达摩正参禅。

———————————————

　　达摩面壁九年，常被誉为守持意念矢志不移之范，更被作为禅宗"以静坐默念修行方法"传入中原"第一人"而志于典；然，《佛教史》载：在达摩"游至魏都洛阳"之前380多年的汉桓帝（147－167年在位）初年，原安息国太子安世高（名清）便"进入中国内地，在洛阳，从事译经"；之后20年间，共译出佛经34部，并将40卷《开元录》订正为95部。他"博学稽古"，最悉"禅数"。禅乃"禅定"，"数"即以"四谛"为核心的佛教基本教义解释诸"事数"。安传"禅法"影响最大的是"安般守意"（安般系梵音之略，指呼吸），"它要求用自一至十反复数念气息出入的方法，守持意念，专心一境，从而达到安谧宁静的境界"。此法前承释迦牟尼"黎明起床，坐床静思"；后"作

154

为一种气功"的安般禅至今仍在流行（当然，安般禅与现国内"吸吸呼"等气功在形成与发展历程中之相互关系尚待查考）。至于佛教传入中国则是一个代代高僧禅师编译相继、衣钵相传的漫长历史过程。佛教在中国流传的历程，是一个同中国文化、同中国当时当地实际相结合的过程，也是一个逐步形成有中国特色的佛教思想与活动模式的过程，其中，比较全面反映汉魏之际中国佛教思想的《牟子理惑论》，也可以说是这种结合成果之一代表。

佛教源于外，流传中国首先遇到作为文明古国传统文化观念的攻难。牟子"锐志佛"，又研《老子》，习《五经》，熟悉中国正统思想，他便用儒道之说、中国时言，证佛说，阐教义，解攻难，为佛教之发展披荆斩棘，当然，这是一个儒道佛相互冲击、交流、融合、结合的过程，它既是佛教中国化的过程，也是中国多元文化发展的过程，结合创造世界，结合也创造了中国特色的佛教文化。

渔家傲
音符

黄家花园林氏府，
鹿礁顶旁漳州路。
眼见耳闻皆殷符。
观白鹭，
嘴尖肢勤不虚度。

遥望园沙洲块土，
毒枭人贩刀枪舞。
只唱繁华谁问谱。
之别墅，
一砖一木谱今古。

　　访鼓浪屿，多登日光岩，极目畅览江海明珠；瞻郑成功巨雕，赏皓月雄风；游菽庄花园，品鼓浪洞天；寻钢琴之乡，听绕梁余音。近，忽见公园、栅栏五线谱，音符紧镶街墙马路……人文游更引关注公馆、别墅，那用物质形态记录下的时代音符、烽火、情仇……

鼓浪屿，原称圆沙洲。宋开发，元设防，明立汛口，派兵驻守，抗击倭寇于海面。明末，郑成功屯兵于此，练水师，声名远扬。至清设关，1841年8月，英军强登，列强竟至，占我地，造别墅，建公馆，设领馆，国十三，使鼓浪屿沦为"公共租界"，设"工部局"，建"公审堂"，行"领事裁判权"。关，分"常关""洋关"，洋人把"关"，侵占我领土、财税、司法、关防等国家主权；时，天主教、基督教等教会林立，各种"教义"广播，一时间，鼓浪屿成了侵略者的天堂，冒险家的乐园。当然，也带来了中西文化的交流、碰撞、互鉴与结合。珍珠港事件后，日本独占鼓浪屿，更使此洲暗无天日。抗战胜利特别是中华人民共和国成立后，它才恢复生机，经过几十年建设，方成为名震中外的海上明珠。

然而，在有的导游小册子里，也可看到：有人用"诗"一般的语言，表述他见"外国的领事馆遗址，富绅的私人别墅，文人墨客的生活故居……"，而追恋"这里原本就是清静的人文所在"，哀叹如今"我们只能游云似地飘，却不能亲历当年的似锦繁华……"我还真不知道这一追恋者、这一哀叹者所要"亲历""当年"什么样的"清静的人文"和"似锦的繁华"。因为历史留下的"音符"，似都告诉我们"当年"鼓浪屿的基本图景是：侵略者、冒险家、毒枭与人贩共舞；笼中华工的怒吼声、所里慰安妇的悲愤声……如果追恋者是追索如斯的"人文"与"繁华"，那就是谋求让鼓浪屿"重返"那样的"当年"！这无疑是逆时代潮流而动、逆中国人民的意志而动的痴心妄想！如果追恋者确患选择性偏好症，乐见"当年"中国人民遭受的屈辱与苦难，不闻不见"当年"中国人民反抗侵略反对压迫的怒吼声，不闻不见"当年"玉麟反击倭寇于海面、郑成功操练水师于圆沙的宝贵遗址与英雄壮举，那就需给予对症治疗，以至脱胎换骨。如果追恋者仅属认识问题，那就请他认真地逐一地去研究"外国的领事馆遗址……"等历史所遗留下来的"音符"，学习白鹭，万勿凭"虚"而"度"。

鼓浪屿至今仍存留着那独特的931座展现本土和国际不同风格的历史建筑、园林和自然景观、历史道路网络、生动而有力地见证了其所经历如斯独特之曲折、发展、变化历程。

世界遗产大会审议文件指出：鼓浪屿见证了清王朝晚期的中国在全球化早期浪潮冲击下步入近代化的曲折历程，是全球化早期阶段多元文化交流、碰撞与互鉴的典范，由闽南本土居民、外来多国侨民和华侨群体共同营建，是具有突出文化多样性和近代生活品质的国际社区。它，已于2017年7月在波兰举行的联合国教科文组织世界遗产委员会会议上被正式列入世界文化遗产名录。

点绛唇

女娲意

天将班师，
北疆哈达神舟系。
海南新置，
宸建空间纪。

苍穹蛟龙，
遥看行如缀。
凌云志，
环宇凝睇，
当会女娲意！？

　　神州创奇功，长征现新姿，天宸还将腾空起，蛟龙深潜，航母远行……同谱太空海洋交响曲，"玉皇大帝""洋妖海怪"嫉而急。

159

蝶恋花

棱镜门

斯诺登将棱镜揭。

暴雨旋风，

掀亮山姆穴。

自由女神衣裙裂，

人权卫士玄冠缺。

质白宫川流不绝。

嘴唱人权，

只是当歌诀。

真要人权就通缉，

美佣术客焉声咽？

吊林志群同志

将星陨落报君归，急难实事求是非。
谁人不知马司令，敌闻丧胆民眉飞。

　　林志群，化名马刚毅，人称马司令。1923年生，1938年入党，长期坚持在闽赣边创建革命根据地，开展游击战争，1948年任中共闽西北地（工）委书记、闽西北游击纵队司令兼政委。1949年5月，省委分配我到闽西北游击纵队，就在他的领导下工作。我们之间的接触就多了起来，听到关于他的传说就更多了，在不长的时间里，我心底里，便不知不觉地塑造起了一座传奇色彩浓郁的英雄巨雕。然而，最令人敬畏的还是他的实事求是：当时，省委对城工部作出了错误决定，按要求应将本"给他留下很好印象"的几位同志"作为敌人"予以"铲除"。他"百思不得其解"，就将他们先保护起来，搞清情况后，一视同仁，安排工作。历史证明，这几位同志都是我党的好干部。其实，我报到之后，他也没有马上给分配工作，而是把我交给纵队领导唐仙有，"拉出去遛一遛"：到战斗部队中去，学习、操练、教歌、上课、参加战斗；到村镇去，宣传动员群众，支前，迎接全国解放，总之，做一些自己能做的

工作，直到他了解了，心中有数了，才给我具体安排工作。1949年6月，我们与二野先头部队一起解放了沙县，中国人民解放军福建省军区第二（南平）军分区司令部在沙县挂牌建立，他才郑重地宣布："我是司令，你是秘书，我不在时你当家。"接着就组建沙县党政机构，宣布：唐仙有任沙县县委书记，王德标任沙县人民民主政府县长，曾德聪任县政府秘书长。他，没有更多的嘱咐，更没有具体的安排，就带着通讯员到尤溪，策划推动该县的解放事业。当时，沙县同尤溪电话不通，他就派专人到沙县，要我到靠近尤溪的南阳乡去接电话和接收卢兴荣为表示与我合作诚意而送来的一批卜壳枪。他在电话中说："省委决定建立中共沙县委员会，由唐仙有、王德标、曾德聪三委员组成，唐任书记、曾任秘书长。"我怎么也没有想到，我这个刚满18岁，还穿着学生装的小青年，组织上竟然委予如斯重任，深感任重！

清平乐

观止乎？

三山五岳，
已是珍珠琢。
且佳话狂歌无数，
焉与徐公商榷。

选美时羞女封，
梅里冰雪神宗。
高峻珠峰谁比，
四姑娘隐川中。

　　阅览名山，深为我国壮丽山河而陶醉、而自豪、而情不自禁地狂歌。难怪徐霞客有"登黄山天下无山，观止矣"之音，似乃醉黄山之美而狂呼乎！？徐公虽也曾访丽江，待游玉龙雪山，然终因"雪幕其顶、云气郁勃、未赌晶莹"，抱憾而归。若徐公再世当代，前去游历些许雪山圣峰，就不知将发出何等狂叹！如位列藏区八大"神山"之首的梅里雪山，其主峰藏语就是"雪山之神"，它英姿夺

163

人，而最为诱人之处还在于它的悬冰川、暗冰缝、冰裂雪崩，至今仍为处女峰；如被称为"地球第三极"的"世界第一高峰"、壮丽陡峭险峻的珠穆朗玛峰；如拥有"东方阿尔卑斯山"之称的"四姑娘山"，等等，举不胜举。

至于"问鼎中国最美十大山峰"之首的南迦巴瓦峰，又被称为"羞女峰"，则更是美不胜收。峰名藏语，就直陈它形高如"直刺苍穹的长矛"，气势恰似"如火燃烧的雷电"。它位于"罕见"的"雅鲁藏布大拐弯"处，是矗立在绵延千里的喜马拉雅山东端的最高峰，同世界上深邃无比的"雅鲁藏布大峡谷"一起，拼成一幅举世无双、雄伟壮丽、险峻奇特、若隐若现、深藏神秘、狂放直抒的自然地质山水图景，不仅成为人类解开神秘地质构造谜团的"地结"；而且成为人世间罕见的自然景观；尤其是它拥有一个对比鲜明的气候带，从而形成在一个不大的区域中，可以同时体验到不同气候的韵味，饱尝体现于不同气候带才能拥有的植物与景色。藏羚羊旅行指南所说的"从海拔7 782米的皑皑白雪的峰顶到蕉叶摇曳的热带风光，造就和组成了一道完整无缺的植物垂直分布带谱"则是更形象生动又科学易懂的描述……

观止乎？那些雄伟壮丽、险峻神秘的雪山奇峰，都在静候徐公、当代徐公公正由衷的惊世狂呼！

曾德聪　福建经济管理干部学院原院长

《观止乎》

渡头拾零

听　潮

听潮苏州河，身后尽陂陀。

借名香樟树，杂花俏枝头。

放　生

偶听阿门呵，常遇拜佛陀。

市场救生归，放养苏州河。

审　花

惊蛰新雨后，山茶落英多。

玉兰含苞来，何梅发高坡？

似在审花魁，争艳有何过？

镇　石

奇石证危楼，大道炫新科。

历尽滚打磨，享寿八亿多。

惊疴谁能镇？自重放长歌。

问 异

银杏冲天阁，异株隔天河。

扇叶已落尽，白果有几多。

晨 曲

中秋银杏下，白果戏金钗。

新桂花漫道，听香鬼神差。

渡 头

岸下漂轻舸，天鹅戏旧沱。

地雕生花果，林叟醉绿波。

遐思古渡头，卓意问新科。

石刻铜雕

含英咀华于路，衔华佩实似贾。

梦求福履绥之，雅趣曲径寻主。

铸鲤秀登龙门，铜鹅傲唬先祖。

醉耳奉旨听香，还求遗韵漫府。

清水湾边，往日渡头；如今却是，河畔明珠一颗。豪宅几座，矗立绿浪之中；清净优雅，人居环境称绝。君可见：小桥流水，曲径通幽，名花异草，落英染道，古木新植，香樟冲天；奇岩怪石，洒落庭前屋后，名诗绝句石刻，点缀其间，诸如"含英咀华""衔华佩实""福履绥之"，"雅趣""遗韵"，还有"听香"等都很耀眼。刘禹锡《秋词》则是唯一刊刻于巨岩之唐诗，更受瞩目。铜雕鱼禽，栩栩如生，作秀于湖畔池边；青石浮雕，千姿百态，撒遍了亭台、楼廊、广庭、小道。或刻或雕，似都反映了主人潜心追求。如斯住宅"小区"，确属鲜见，名标华府，实乃谦称，游人谁问此供何方神祇！？

长相思

坛歌

誉杏坛，

越杏坛，

坛聚公仆数万千。

悟人如阅川。

喻科园，

跨科园，

探求真知震前贤。

梦圆创新天。

　　岁在甲午（2014），国家行政学院建院二十周年。校院函嘱"在百忙中不吝赐墨宝"，自当应命。尤因余乃毕生致力于党的教育事业，后又专注于（干部）高等教育，闻斯狂歌之兴顿发，遂借调《长相思》，赋赵"预支"新意，作《坛歌》以抒以贺以期。

申江初夏

繁花旒影舳舻，薄雾轻歌细雨。

阵阵共鸣回声，习习谷风乍舞。

甲午（2014）初夏，沪东，中俄海军联合军演正酣；沪中，亚洲国家元首聚议安全发展兴浓。恰似谷风乍起，声震海魔洋妖。

天净沙

古渡夏韵

涛声鸟语禅歌，
紫薇宸宇炫坡，
银杏香樟作柁。
萧何追过，
辛夷连翘达摩。

　　世说紫薇，常指星宿、天宫、皇居，连貌美名雅的凌霄花，也赋紫薇名。薇也作微，唐初还曾定中书省为紫微省，紫微令乃中书令。白居易《紫薇花》诗有"紫薇花对紫微郎"。官邸豪宅，园植紫薇，或慕其名，或赏其韵，或炫其贵，以至因姿因色而取之，已矣！然在我国诗词中，借花草以抒怀，俯拾皆是，《紫薇花》便是一例。至于借史抒怀，也非鲜见，如马致远唱出"成也萧何，败也萧何"，惜韩信之"证果"，质萧何之无常，抒人生如梦之感，而"醉了由他"，止于叹世。在当代中国，更有借史以宣泄愤世、仇世之论，其惯用手法是"攻其一点，不计其余"，否定历史、否定一切。如斯劣行，在中华大地上的一个时段里，还曾成为一种"时髦"。而今，醉者当醒，智者当知，

何也？夫国之史，乃是对国家发展历程之记叙与阐释，是记叙这一国家各族人民融合的渊缘、团结的凝聚剂、共同发展的大基石，是最宝贵的社会文化财富。是故忘却它，就是自毁基石，就是背叛；歪曲它，否定它，就是别有用心，就是犯罪。当然，不同的统治阶级、不同的利益集团，都会用不同的历史观来记叙与阐释发展变化历程。是故我们在读史过程中，一要正史，就是要以科学史观为指导，以历史事实为依据，力求正确去理解与阐释历史；二要反思，尤其对诸如关系国家兴衰成败等重大历史事件，都要学会问是什么和为什么？正史反思，谋以史为镜，以史为鉴，从而吸取经验教训，激人奋进，达道致知，团结向前，图强圆梦！

浣溪沙
潇洒秋风

百岁紫薇现佼容，
九州草木与君同。
蒲苇马兰报仙踪。

风正气清蝇似去，
天高云卷虎蹲笼。
今重奏萧瑟秋风。

踏莎行
曲径随想

赤县秋高，
岸线万仞，
河山挥洒浮新阵。
龙泉垂锤回声强，
锻磨了利剑双刃。

古渡明珠，
神祇无印，
清风绿浪邀朝觐。
大江日夜径东之，
蛛临曲径丝方尽？

　　深秋凌晨，漫步南国公共绿地。但见奇果压枝，万绿
伴花秀，茶树梅花炫，瓜叶菊花俏，行人影无几。虽逢曲
径露沾衣，却未曾见缠身蜘蛛丝。

173

浣溪沙
秋词

械櫩紫薇相竞红，
黄金染道映长空。
披珠佩实唱秋风。

万绿丛中花叶秀，
声应气求现京中。
一路一带贯西东。

_____

《周易·乾》："同声相应，同气相求。"

品秋词

蔷薇卸装归，蒲扇叶沾衣。

赤县草木深，实饱果压枝。

诗豪谪朗州，引吭吟秋词。

高歌晴空之，诗情碧霄期。

昂首赞秋气，低头数树知。

燕草秦桑绿，春朝自多姿。

千门雨中柳，万户桃李孜。

颂秋谁称首，梦得当为师。

银杏，也名蒲扇、白果、公孙树。

刘禹锡（772 － 842年），字梦得，中晚唐文学家、哲学家、著名诗人，且有"诗豪"之称。

在我国古诗词吟秋作中，多借秋以抒心言志；惟悲秋者众，颂秋者寡。刘禹锡传世秋词主要有二：其一，直陈"自古逢秋多寂寥，我言秋日胜春朝"，人称"赞秋气"，且此系遭贬时作，尤被推崇；其二，高歌"山明水净夜来霜，数树深红出浅黄"，更是盛赞那清澈入骨之景气，是谓"咏秋色"，几被奉为赞秋第一人。其实，早在初唐，诗与沈佺期并称为沈宋的宋之问（656 － 712年），即为完善古诗五律、创七律新体，而被称为律诗重要开拓者的宋之问，也是在遭贬时，唱出了"桂林风景异，秋似洛阳春"。但，他在同诗中直抒"晚霁江天好，分明愁杀人"，哀叹"妙年孤隐沦"，"归软卧沧海"，似属"悲秋"之列。然，更因他人品遭唾、文品遭弃，网责其"劣迹斑斑"，逢迎谄媚，卖友求荣，因诗杀亲。称，其外甥刘希夷诗曰"年年岁岁花相似，岁岁年年人不同"，宋欲将此佳句据为己有，刘不从，宋竟将其装袋压死，创世用卑鄙无耻凶残无比手段杀亲夺诗之极！史实一再揭示这一真理：人，才有大有小，智有高有低。然作为人，都应行为人之道，首为德也！德，乃为人处世之基。若缺德、寡廉、鲜耻，必走邪道，如斯，则才越大对社会之危害就越大。其中，也确有缺德丧廉无耻之徒，"辉煌"一时，名噪一片，但终必受历史之审判，遭人民所唾弃，而潜心为民、致力于社会进步乃是衡量道德、为人之道的最高标准。

紫　薇

二〇一四年十一月二十五日

紫薇经百冬，胸腔自净空。

生肌及敷朽，正装伴秋风。

桩前有碣石，焉用泥填充？

　　紫薇，系千屈紫薇菜科紫薇属，历百年，经千屈，几迁徙，夏消暑，冬迎风，紫虽微，红漫天，腐能自清，朽可自除，胸怀坦荡，英姿不减，屹立神州。

冬　至

二〇一四年冬

枫领引颈歌，紫薇应声和。
寒风报冬至，枸骨送秋波。

初霜染陂陀，腊梅俏枝头。
香樟不动色，俯视苏州河。

冬至，却见杂花生树，新叶炫姿，绿满大地，虽不是春胜似春。枸骨果正红，柠檬实高挂，棕王珠旒竞溢冠，虽不是花胜似花。

忆秦娥

红果

说枸骨，

可知火焰南天竹。

南天竹，

再加火棘，

苦丁茶属。

果红形同非同目，

然都共染同一谷。

同一谷，

相濡相映，

胜似一族。

　　苏州河谷，古渡暮冬，一阵风来一阵冻。紫薇、孤槲、群枫竞红，茫茫绿浪，新叶秀枝头，果红映蓝天，一丛一丛炫高坡。忍不住，一步一步往前搜，但见枸骨、火棘、苦丁茶、火焰南天竹，果簇如花，株枝迥异，果实大小形色几同，行家也曾误判，可谓园中一绝，红艳新花自逊色！

清平乐

子衿单飞

子衿何去？
牌系胸前处。
任重艰辛可曾度，
独闯远洋探路。

一飘二蹦登机，
肩负使命当知。
侍母亲迎弟弟，
直奔去洛杉矶。

为九龄童寒假在空姐照料下独闯重洋牵挂而歌。

梦江南

子耘之歌

二〇一五年二月二十八日

犁耕了，
天地任子耘。
山外青山望不尽，
惊涛骇浪数重云。
又个乐知人。

词填于子耘出生日，书于子耘满月时。

辛　夷

一

层林胡杨曲，兰谱韵如诗。

苞岁两度之，同着细绒衣。

夏发叶生枝，冬含蕊妩语。

蓓昂历苦寒，虔修行济世。

蕾放迎春来，花中女王誉。

尔唱木兰辞，可知有辛夷？

二

听徐唱霾曲，两眼顿发湿。

昨日美家园，今朝全变色。

天地一片黑，伸手不见指。

说这是中国，优优更着急。

低头自哭泣，热泪往下滴。

姥姥怎么办？还有热欧米！

赶紧找妈去，都接来这里。

眼泪一擦干，扛锄种树去。

回家又问妈，姥姥启程日。

爷爷直叨叨：小孩有出息！

闻灾想灾民，更为亲人急。

三

阴霾是灾害，自当重锤治。

霾害伤人身，误导铰心智。

将点说成面，把日当年计。

稍把亮度变，何需蒙太奇。

摇唇又鼓舌，边鼓连声击。

恐怖场景现，孩儿焉不急！？

沙起哈撒拉，尘落亚马逊。

治霾举世工，非仅一都屯。

誓向霾宣战，狠施"杀手锏"。

国家环保法，不是棉花弹。

全民来参战，打场持久战。

四

辛夷何所忆，滨江蓝天下。

蓓含经严寒，蕾化疾为夷。

花开香宜人，逸韵赛胡笳。

问女何所之，问女何所历。

一个八龄童，出生上海市。

昵称为优优，中名浦莘荑。

六岁得大奖，因作一设计。

七岁为爷书，作画当封底。

弹琴排压轴，韵律美如师。

劝姐写故事，自荐当翻译。

江天蓝一片，初春更好看。

纲目蓝本外，辛夷赛龙芝。

辛夷花，又名木兰花、玉兰花、木笔花、望春花，系木兰科、木兰属，落叶乔木。

辛夷花蕾，"性温味辛、芳香走窜、上行头面、善通鼻窍"，系治鼻渊头痛要药。

无　题

落英撒地雨纷纷，高悬宫灯树钟温。

清风一阵梦方醒，满园鲜花可是春？

　　注：钟温，乃指钟馗、温峤以及秦叔宝、尉迟敬德等
左丞右尉被树为门神者。

调笑令

二〇一五年春

含笑

含笑，含笑，
炫姿耀味卖俏。
经炒自估顿飑，
远移后芝变雕。
雕变，雕变，
笑口开香不溅。

探索发现：气候变化，已致某些瓜果变味；香花远离
适应环境，常是有色而无味；安泰脱离大地便不再是不可
战胜的，明星也然。

读《爱莲说》说莲

荷茎直直叶接天，不闻不问，歌落谁边。

莲叶田田濯清涟，不争春风，不妖自妍。

新花点点何曾炫，自清自远，似禅似眠。

篷藕实实走万家，净膳净植，亦赞亦诠。

周公一说封君子，只语千年，一怜两牵：

或责莲"立身淤泥"间。殊不知：

泥筑万物根基键，淤结众生食材链。

或称要"做世外仙"。谁都知：

"白羽频飞"非"闲士"，"乌纱半堕"都难眠。

陈念未除怎成仙？君子帮尔寻真颜！

宋，周敦颐有《爱莲说》，称：予独爱莲之出淤泥而不染，濯清涟而不妖，中通外直，不蔓不枝，香远益清，亭亭净植，可远见而不可亵玩焉。莲花君子者也！后闻，借追以炫者称"白羽频飞闲士坐，乌纱半堕醉翁眠"，"对莲余做世外仙"；闻怜而责之者称"既然不愿纤尘染，何必立身淤泥中"，"不与桃李争春风，莲叶何田田？"田田创绿不争春风却遭疑？雄立淤泥中不愿纤尘染也受责，何也？

觅新知

一桩红梅百度之，万里风云觅新知。
俯视草庐青山拜，借问行者何所思。

　　岁在乙未（2015）仲夏，轶为"原住民"索宣，乃作画随吟以应，附题"红梅一枝权作礼，遨游南天觅新知"。

梅　度

洒家虽梅胎，无意俏梅台。

东坡赋腊字，放翁扛梅牌。

莫说梅非梅，带缘寻梅来。

千树尽相濡，百梅傲寒开。

————————

岁在乙未（2015），为辛夷谢师求教而抒。八五惠叟于苏州河畔。

注：梅花，常指腊梅、杏属花或梅树花。苏东坡为梅赋腊名，陆游为梅倾情歌，所颂或非同一梅。近，网传腊梅"并非梅"。或称腊梅"非梅类"，令人费解！孰不知，腊梅是我国特产之珍贵花木，名，早见于西周；叙，散现于秦汉，唐颂牡丹宋赞梅，名沿千年，焉成"非梅"？！况，按植物分类学科属，腊梅系腊梅科腊梅属，而杏属诸花乃紫薇科杏属，呜呼！焉何时至今日，仍将金梅真梅指为"非梅"，而非梅科属却被奉为梅宗？！

189

巧 遇

二〇一五年七月

寻觅珠公笑，喜逢努子峰。

突兀三尖山，雄姿夺神风。

雪桥悬冰川，岩壁接天宫。

高虽未及巅，韵度染苍穹。

铁骨铿锵响，英气告乃翁。

努子峰，当地称三尖山，位珠峰西。南望，是堵近八千米高之巨幅岩壁；西看，是座挺拔尖峭的高峰。然，仅用"横看成岭侧成峰"一语，似难诵其挺拔突兀尖峭险峻英武之雄姿。

190

念奴娇

珠穆朗玛峰颂

旗云高挂，

横飞雪刀割、帐撕冰裂。

问万山之尊可急，

雄聚珠巅谋决。

仰摘星辰，

俯开新世，

引六方旌乐。

群峰来拜，

一时鸦雀声咽。

看神女炫英姿，

寒素衣裙，

身朝苍穹拽。

战极限何曾畏缩？

荐人民以吾血。

静逸安详，

丹心兰指，

信步抚江月。

顶天立地，

前无先后谁越？

_____

　　岁在乙未（2015），为我们党九五大庆而歌，丁酉（2017）为喜迎党的十九大以篆而书以抒。珠穆朗玛，藏语有"神女第三"之意。

　　珠峰之顶，现"白丝带"，称"旗云"，征时狂风正作，雪粒横飞如刀割，帐撕营毁，险象丛生，以至雪崩冰裂。

　　珠穆朗玛峰，是世界第一高峰。闻之者众，知之者多，歌之者寡矣！余少小闻之、崇之、敬之，并以未曾亲访、亲历、亲瞻为憾。然，常自书、画、图、网读之。山史证：挤压令珠峰雄踞极巅。五千多万年来，世界千变万化，然其天天向上挑战极限英姿不变，如哲如神，乃情不自禁地为之引吭高歌，又确系"读"来之"得"，题乃因此而名。

　　附：毡笔画珠峰之增注：

岁在乙未十月初六

八六湖叟

于苏州河畔

《念奴娇·珠穆朗玛峰颂》

193

红皮紫薇

绿袍披身沐春风，白花如雪漫夏宫。

橙红衣冠唱秋词，紫皮戎装一冬翁。

都说岁寒知松柏，可知时势呼卧龙。

注：寒冬严冻，红皮紫薇叶落，突现红甲束身，越老越红，宛如紫龙一尊，破土而出，直冲云天。

龙，是中华民族龙马精神等优良传统凝聚象化之图腾。它是高尚尊荣、出类拔萃、无比神通、无所不能之象征。古，曾被封建最高统治者独家掠为专称，诸如"真龙天子"及随之而来的"龙体""龙椅"……间或被作为天下出类拔萃、清正廉洁奇才之誉称，如三国时代诸葛亮出道前被称为"卧龙先生"，东汉蔡邕饮酒百斤醉倒路旁，被称为"醉龙"等是也！而今时代呼唤中华儿女，是龙种就要猛醒，龙骧虎步，踏石留印，抓钢有痕。

扇非扇

二〇一五年十一月二十五日

深秋风乍至，黄金铺满地。

原是银杏叶，引来长风吏。

狂呼天作美，俯求为常侍。

歌罢自苦笑，上苍也演戏。

注：读一街道小报后有感。

景乎景乎

一

闲步香樟下，忽闻踩雪呀！
定神看时景，放翁呼小丫。

二

绿荫行千里，江畔逢一子。
果熟亮满坡，仙风如诗语。

三

岸线天人谱，缘栖亚圣府。
夜闻小琴声，孟母焉迁徙。

注：孟府，又称"亚圣府"，在山东邹城，建于北宋，为孟子嫡裔居住之处，是全国重点文物保护单位。

孟子，名轲，字子舆，战国时思想家、政治家、教育家，著有《孟子》，列《四书》之一，被认为是孔子学说的继承者，有"亚圣"之称。他，把孔子说仁，发展为仁政学说，提出"民贵君轻"，阐述重民思想，"强调认识论和伦理学相统一的'天人合一'说"。

问李白

华亭数劲流，急雨朝神州。

阵浪抚落英，清风漫金秋。

庭前弄扁舟，扬帆天际游。

回首问李白，因何过孔丘？

闲云影悠悠，接舆歌何求？

焉称楚狂人，可知陆通忧？

注：乙未（2015）晚秋，读李白《庐山谣寄卢侍御虚舟》有感，借一二辞而歌。陆通，字接舆，楚人，时谓楚狂，称其"歌过孔子曰：'凤兮凤兮！何德之衰！往者不可谏，来者犹可追。已而已而！今之从政者殆而！'"

至尊乎

（一）

说史隐当年，责今剪片言。

评史无实据，谬论成绝篇。

循谬编排史，诱人堕深渊。

忠奸遭倒置，是非被易颠。

胡言封至尊，乱语上中天。

史界出奇葩，问道浦江边。

（二）

不知文明义，妄涂至尊漆。

罗集三要素，祭起泡沫史。

狂言亮居心，挤压中华史。

明目又张胆，自举谬论旗。

否认三大山，图谋尽露底。

慌拿阶级史，想作压轴戏。

诬责加歪曲，新技更不齿。

网传自生疑，借道来求师。

浪淘沙

松乎

故里榕称松，
韵度逾公。
一树成林染长空。
冬御寒风夏降暑，
天设村宫。

气根入土中，
安泰其宗。
垂须成柱与株同。
万绿群英朝陛下，
地造苍龙。

_____

注：迎新岁，思故里，偕松以歌。

水调歌头
转石问道

二〇一六年元初

转巨雕西望，

谁无动于衷？

只言噩梦般战争对史何公？

不张人间正义，

不究战争主犯，

只手指天空。

不想真忏悔，

枉撞和平钟。

说凄惨，

论恐怖，

去寻踪。

玉碎令杀光琉球人难容！

一砍廿六万几，

举世毛骨悚然，

惨相被谁封？

南京三十万，

圣哲焉装聋？

200

丙申（2016）元初，乘邮轮，游东海，听惊涛急拍，看潮起潮落，时而陶醉于无边海天，时而掀起阵阵历史狂涛。

　　第二次世界大战后期，作为法西斯阵营三大轴心，德意已崩，日本却在变本加厉，进行疯狂挣扎。

　　1945年7月26日《中美英三国促令日本投降之波茨坦公告》发布，日拒之。

　　8月6日，美投原子弹于广岛，日仍顽拒。

　　8月8日，苏对日宣战。

　　8月9日零时，在我东北抗联配合下，苏军分三路对驻"满洲"①的日本关东军发起突然袭击；同日，小仓上空天气不好，美国便将原子弹改投在三面环山、天空正现一亮隙的长崎市；登长崎，便首访在原爆遗址建造起来的"和平公园"，瞻和平祈念像，虔祈世界和平，品读作者北村西望1955年之题记，②感触良多。

　　继，往琉球，游首里，访"琉球王国古城"，从王宫建筑到宫内装饰，都留下了诸多历史文化音符，鲜明地叙述着琉球和中国关系深厚的历史渊源：琉球是明代中国命名的；1372年明太祖朱元璋鉴于来朝使节渡海困难，特赐善造船航海者闽人36姓人家移居琉球；1406年，巴志成为中山王，明赐姓尚；1429年，尚巴志征服三山，建立统一的琉球王国，之后每一代国王都要经中原王朝册封；1654年清顺治皇帝封琉球王为尚质王，定二年一进贡。

　　1868年，日本开始明治维新，后4年，单方宣布琉球王国属日本"内藩",1875年武力占领琉球群岛;日"废藩置县"时,擅将琉球一分为二,北为日领土,置冲绳县,南为清领土,企图迫清承认。

1943年开罗会议,四国首脑约定由美中共同托管琉球群岛。

1945年,"二战"后期美进攻冲绳;日政府下达"玉碎令",要当地驻军"杀光琉球人";在美军登岛前,日军共屠杀琉球平民26万余人,规模之大,仅次于南京大屠杀。

1951年,日美在没有中国代表参与下签订《旧金山和约》,确认琉球主权属日施政权属美国;1972年美国单方面非法将施政权交给日本,日方称"回归",冲绳县成立。

注:① 满洲,原系清代满族之自称,辛亥革命后称满族;"满洲国"系日本帝国主义侵占我国东北后而制造的傀儡政权(1934年称"满洲帝国"),1945年随着我国抗日战争的胜利而被摧毁。

② 和平祈念像作者题记:

那场噩梦般的战争,

令人毛骨悚然的凄惨,

呼儿唤母的亲情。

实在令人不堪回首,

有谁还无动于衷,

不去祈祷世界和平?

作为世界和平运动先驱,

一座和平祈念像在此诞生,

巍巍如山的圣哲,

他威武雄壮健美，

全长三十二尺有余，

右手指天象征着原子弹爆炸的恐怖，

左手象征着祈祷和平。

他的表情是在为战争的死难者祈祷冥福，

他是超越种族的人类代表，

他既是佛又是上帝，

他是人类崇高的希望和象征。

北村西望

1955 年春

寒　潮

二〇一六年三月八日晨

春曲邀宸宇，寒风袭楚天。

浓妆垂丝露，细雨伴云烟。

暮 春

暮春黄山下，余花戏晚霞。
古桥穿江过，远宅似仙家。

丙申（2016）暮春，仲卿采风黄山下，品其新作，如
临其境，兴至而歌。

浪淘沙
少女峰

二○一六年七月　于瑞士旅次

仰望少女峰，
难见真容。
竟招来鬼斧神工。
迎巅槃穿山越岭，
智圆行聪。

俯视老崆峒，
齿轨青龙。
百年来独绕她疯。
雅典娜权功惊叹：
绿野净空！

————————————

　　少女峰，有欧洲屋脊之称。一百多年前，瑞士"铁路王"兴建一通向其巅之齿轨铁路。令人惊叹的不仅是其智圆行聪，更在于它那维纳斯式之神韵仙踪，绿野净空！

说 竹

二〇一六年九月

根深穿石山，嘴尖朝九天。

皮坚傲寒冬，韵度伍群贤。

刚韧不畏难，贵在自压肩。

虚怀当若竹，亮节范人间。

闻优优国考胜出，居前列，更望天天向上，占鳌头，借竹以抒。

数据港幕府之歌

二〇一七年一月

泗塘彭越浦，和园傍幕府。

蓝天炫云丰，数据港物阜。

当年麻省聚，议网如烟羽。

首宸奠基沪，领军面环宇。

因信而为诸，践民门立雨。

智圆创新路，行方正有谱。

宿将百千部，牵挂万亿户。

瀚海本无边，结缘常青树。

数据港之歌（简版）

泗塘彭越浦，和园傍幕府。

蓝天炫云丰，数据港物阜。

因信而为诸，为民而荐许。

智圆创新路，行方正有谱。

宿将百千部，领军面环宇。

瀚海本无边，结缘常青树。

注：1996年9月，余应邀出席在美国MIT举行的、由联合国十多个委署直接支持的"全球可持续发展公约国际研讨会"和"信息空间可持续发展国际研讨会"；时逢曾犁获康乃尔大学研究生录取通知，便同机前往，并随我参加了两会的全过程；他学成之后，就直接投入信息网络行业中去，回国之后，便迅速成为这一领域的弄潮儿，创建了上海数据港投资股份有限公司，成为具有国际影响力的构建网络基础设施和团队建设的领军人物。

忆当年，关于信息空间问题的讨论，是在午餐期间进行的。时，人们关注更多的是发展中国家信息产业的困难问题，涉网之议真是渺如烟羽。尽管早在30年前的1987年9月，我在"福建长崎经济合作讨论会"上，代表中方所作的《综合报告》曾经预言："随着国际多极化、经济全球化和社会信息化的发展，商品的流通、发展，都将改变自己的形式，甚至连自己的思维方式、商业的经营思想、经营方式、组织结构，都将发生根本性的变革，我们都需要去做至今甚至还不是很清楚的思想准备与知识准备，以迎接一场商业风暴的到来！"如今，30年后的今天，这一预言，已被实践所证实。在此预言发表10年后的1996年9月，我参加了"信息空间可持续发展国际研讨会"，之后，就更坚信这一预言必将加速成实，且信息网络更将迅速而深刻地影响人类社会活动的各个领域。但，我却未曾料到会来的如斯神速、广泛而凶猛，更未曾具体想到MIT"研讨会"20年后的今天，网络经济、数据经济已经成为席卷全球的巨大浪潮，信息网络、人工智能技术已经成为科学技术、经济社会、军事与管理等创新发展的关键角色，成为国际政治经济军事科技等关系以至国家与国家关系的重大命题，成为一种国家主权新的领域，成为一个崭新时代标志性的重要特征，并带来了人类社会生活方式、生产方式以及人们思维方式、探索未知方式、社会相关组织形式、管理体制模式等的革命性变革。这种变革和影响还在向纵深发展。它，将往何处去？有些我们可以预知，有些我们还不知道，还无法预计！因为这场以信息网络、人工智能技术为关键科学技术的新技术革命与产业革命，不同于人类史上已经出现过的、历次技术革命与产业革命，它的影响和涉及空前广泛空前深远：从环球到广宇、从物质到精神、从机械到自动到智能、从宏观到微观以至从超宏观到超微观等领域，而且，又常以虚拟形态存在着、运动着、发展变化着……

素　描

穿越古稀年，兴致可耕天。
采风黄山下，结网舞翩跹。

初阳伴炊烟，飞针谱绝编。
击浪汪洋上，穿梭白云间。

　　凌晨初阳下，仲卿生辰时，权将《素描》当寿面，祝君
生日赛神仙！

南空忽见

热浪漫卷达沃斯，狂涛急涌白宫去。
特问此朗行何谱，眼下可是玉佛寺？

丙申（2016）季冬，举家南游，行至曼谷上空，思绪万千，遂吟以志！

瞻玉佛偶感^①　　　　　　二〇一七年一月二十三日

一座寺庙十万兵^②，半尊玉佛主皇庭。

造神皆为圆帝梦，时迁术法修更精。

晨催轩辕下神坛，夜扶女神去矫情。

衣裙风雨几度撕，颜色变幻戏银屏。

鲜花艳极苦凋零，蓓蕾绽放因道行。

---

① 供奉在曼谷大皇宫"佛寺的大雄宝殿中的一座金色的高座上"的玉佛，为节
　基王朝的建立，发挥了重要作用，"是泰国人民最崇敬的玉佛"。
② 此系我国清王朝统治者的"明训"。

浣溪沙
塔林

二〇一七年一月二十三日

曼谷皇宫塔成林，

王崩奉庙供为神。

度①成瑜瑾②作门臣。

阙殿寺碑参与禅，

前闻先帝塑金身。

后观新礼拥明君。

---

① 度者，法则、度量、依制由此到彼也。

② 瑾、瑜，美玉也。屈原《九章·怀沙》："怀瑾握瑜兮，穷不知所示。"

一进曼谷大皇宫，但见塔殿密布，门塔、殿塔、寺塔、碑塔、主塔、陪塔、群塔、摹塔、塔上塔，壮丽挺拔，姿态万千。据称有塔皆有神，唯独未见坐禅人。然，确是金碧成林。

蓝　都

二〇一七年一月二十五日

于华欣旅次

华欣海西，墅鳞栉比。

微风轻拂，宁静如斯。

绿墙为篱，蒲渠遍地。

潺潺流水，户户泳池。

潮涌大海，蓝炫天际。

名兮华欣，蓝溢载誉。

名兮华欣，鲜闻华语。

名兮华欣，岩岸之始。

泰南华欣，海滨 Villas，素有华欣后花园之誉，但见渠蓝、水蓝、海蓝、天蓝、地蓝，顿萌蓝都之感，乃取之为题。

华欣，泰文意为"石之开端"，她因自此沿海绵延 3 千米岩岸而得名。

高脚屋

二〇一七年一月二十七日
于甲米丽思卡尔顿

方桩错落高架，别墅鳞次壁立。

屋脊如翼凌空，云梯辗转而及。

厚墙高围炫秘，院侧泳池静谧。

顶端绝档不虚，海洋楼阁属实。

神殿出水冲天，梦幻一词难志。

　　丙申（2016）除夕，华灯初上，入住甲米丽思卡尔顿，丁酉（2017）元正，凌晨漫步别墅区，不禁为其设计与建筑超凡而惊叹！猛回首，"三一"情急涌。五十年前，余访南亚，曾闻困难村民"三样宝"：一幢高脚屋，树干作梁柱，柳条编篱墙，蕉椰皮叶作顶棚；一口砂锅，一次可做一天饭；一条沙笼，日作衣、夜当被、外出一蹲可为厕。前后所见，天壤之别。然，同为高脚，同称house。为志前后，题乃取高脚屋。况，拉玛六世在泰南七岩为王室度假而建的"爱与希望之宫"，也是采用1 080根土柱支撑起来的高脚屋式宫殿。

余　音^①

二〇一七年二月八日

华堂锣一敲，浦江雨悄悄。
润沐常青树，筑启新东胶^②。

---

① 数据港首发铜锣一敲，赞誉期盼之声四起。堂外，细雨悄悄，吉兆之音又起，
触景而志！

② 《礼记·王制》："周人养国老于东胶，养庶老于虞庠。"郑玄注"东胶亦大学，
在国中王宫之东。"今谓东胶乃"周代的大学"。引自《辞海》。对于上市企业
而言，恰似为己"筑启新东胶"，习新功、谱新曲。余主福建经济管理干部学
院时，还为之谱写《院歌》，狂歌：

　　滔滔长江，浪卷重洋，
　　巍巍武夷，脉衍中原；
　　我们在金山之上，
　　面向世界，面向未来，面向现代化。
　　学习、探索、求实、开拓，
　　一代一代企业家在这里哺育成长，
　　一批一批管理者从这里奔向四方；
　　今天我们在这里学习切磋，
　　明天我们将驰骋建设疆场，
　　为振兴中华、八闽腾飞，
　　拼搏图强，拼搏图强。

218

紫薇桩

枝繁叶茂权为宸，鸦雀凤鹂自成群。
风摧电击落千屈，躯干宽厚尚可邻。
古桩陈皮尽系勋，岁月如梭景似云。
喜看新枝冲天去，净膺老树拥三军。

岁岁晨练苏州河畔，每每必逢百年紫薇桩。但见石刻简介醒目，标明此乃千屈菜科紫薇属。树，姿优美、干洁净、花艳丽，可观花、观干、观根，还可观果。古，曾誉满皇庭，唐中书省还名紫薇省。它始终自尊、自信、自强；而今，仍新枝竞发，依律而生，依地而存、为地添彩、为天增蓝、为民造福。当然，它，即逾千轮，终将依律回归大地；物质不灭，它，也将以新的形态、参与天地间、宇宙间物质的运动、发展、变化……

择 渡

二〇一七年三月

拨雾盘余曛，岁月不由人。

来程从何渡，抉择践初心。

书 贵

二〇一七年三月

龙马舞南天，诗书谱玑篇。
问贵何所指，乐知赛神仙。

————————————

书贵昭盛世。六十八年前，人民解放军二野与福建省
委会师南平。夜，书贵来访，我们自此相识相知而成知己。
今，喜逢书贵九十大寿，又逢盛世，乃以《书贵》为题以歌
以贺！

221

闻　烽

春风。腥汭。
章蠓。闯宫。
朝东。鸣弓。
欺公。侮宗。
闻烽。聆踪。
直冲。九重。

丁酉（2017）三月，赤县高歌猛进；然，曾冒腥汭一缕。章浦蠓，假公职，欺公、侮宗，闻而发指，不禁挥毫，二言予抒。

二言诗，两字成句，句句押韵。在我国历史上，确属鲜见，一般称黄帝作《弹歌》为二言诗之始，《易经》也可见二言韵文。今，说二言诗，常举元《咏蜀汉》为例。

涛　声　　　　　二〇一七年十二月二十四日

申江萦天河，夫差铸铜盉。
瀚海咏神龟，蓝山立仙鹤。

二〇一七年十二月二十四日，为仲卿送束龙须面，并顺着苏州河波涛哼几声，原未求"一束龙须成为谱，几拍涛声化作歌"。女儿闻之却称为"气势磅礴的祝寿词"。

忆秦娥

狼山月

狼山月，
江滨景色漫浪越。
漫浪越，
北宋涨接，
南宋彰玥。

鉴真东渡避风阙，
抚台抗倭昭忠烈。
昭忠烈，
名坡题刻，
博园歌谒。

春节北游南通，南郊有五山，狼山居高，众山拱之。

狼山，源于长江之中，因形而名。北宋，方与陆地涨接；南宋，州牧因其名"不雅"而称"琅山"；今，多因实而沿名狼山。

狼山，景色挺拔俊秀，文物古迹尤多。唐，鉴真东渡日本，曾避风狼山。山下，有唐初四杰之著名诗人骆宾王之墓。《唐诗三百首》①注称骆：义乌人，七岁能文，武后时，数上疏言事。鞅鞅不得志，弃官去。徐敬业起兵传檄天下，斥武后罪状，文出宾王手。武后读之，矍然曰：谁为此？宰相安得失此人？敬业败，宾王亡命，不知所之。中宗（李显——曾注）诏求其文，得数百篇。宋至清，兴建庙宇殿塔，总名广教寺，列全国佛教八小名山之首。寺法乳堂，有当代画家所作东汉至今18位高僧画像。西侧为七级实心塔，塔北有明嘉靖年间所立《抚台抗倭碑》，上右为白雅雨烈士墓。

狼山，南畅北幽。北麓，悬崖峭壁，题刻多，称名坡，"大磊落矶"乃著名书画家吴昌硕所作，蔷园、园博园更是繁花似锦。

---

① 《唐诗三百首》，北京古籍出版社1993年版，第129页。

问　津

山重水复谁问津，白浪无边魂如神。
南鹞北鹰知何去，龙骧虎步自归真。

浪淘沙
望洋

天堂原乡兮，

毛里求斯。

蓝天碧海韵如诗。

葵锦花知甘蔗甜，

渡渡何之？

华宇应天时，

纵马奔驰。

创新驱动聚雄师。

结合创就新世界，

豪弥须眉。

————————————————

儿孙逢假，偕家外游，择赴毛里求斯。

毛里求斯共和国，是非洲东部一岛国。

下机出站，空气清新，景色迷人，"芳草鲜美""落英缤纷"，蔗林成洋，小楼错落，院知有秦，如入洋桃源。及至"村"墅，上网常闻马克·吐温誉岛之声："毛里求斯是天堂的原乡，因为天堂是仿照毛里求斯小岛而打造出来的"；或称："上帝是先创造了毛里求斯，再创造出天堂"。马克·吐温，美国文豪（1835 - 1910），当过排字工、记者、淘金人、领港员、作家。至于他在何时何处唱出如斯誉岛如诗之歌尚待查考。然而，毛里求斯确很迷人，是的，人们对"天堂"确有不同的理解或诉求。况，时代不同了，"天堂"也在发展变化！

就说"小岛"，1050年，葡萄牙人登岛，还是荒无人烟；1638年起，先后成为荷兰、法国、英国的殖民地，统治、开发、建设、发展；1961年7月，英准毛里求斯自治；1968年3月12日，毛里求斯宣告独立，成立共和国，开启了新纪元，有了自己的国庆、国旗、国徽、国歌、国花、国鸟，发展具有自己特色的经济、文化、成就……还有那迷人的碧海蓝天、醉人的蔗洋糖香、荷池睡莲、迎宾的鸵鸟、伴游的海豚、国徽上的棕榈树、渡渡鸟和爪哇鹿……是的，国鸟确已难逢，但貌近、色近、声近者正在繁衍。诗人更在为岛国谱奏新歌。君当闻游人也在望洋兴赞，为自己的祖国新姿、为自己创造的崭新时代而豪弥须眉！

后记

　　《休闲集——苏州河畔明珠行》系离休后，依行止、遇风云、逢见闻，有感而发、兴至而歌；亦"三言两语"，同属《长短篇》，又多系"闲暇之音"，乃名《休闲集》以别。

　　结集之后，有行家议将其同前已出版之《长短篇》合二为一，确有新意，感谢之余，三思仍觉：此乃离休之后近二十年久居于沪之作。它，不仅令余对此方土地生第二故乡之感；且对个人创作意念、作品风格等都产生了积极影响，是故乃保持原拟篇名，但新增一副题——苏州河畔明珠行。

　　本书突显如下几点特色：一、视野更宽阔。体裁涉及古今中外，且呈积极向上、开放包容、平等多彩之度。二、地气更浓郁。形象地反映了诸多上海之行止、风云、人文气息，尤其是久居苏州河畔大华清水湾，对其老少邻里音影、山水岸线缘脉、楼廓亭台布局、植物群落季相，等等，都已依依，副题"苏州河畔明珠行"也因此而生。三、践初心。伴奏主旋律，高歌党之创举、人民之创造、山河之壮丽，扬新风、鞭陋习，狂歌英雄行、笑骂奸佞徒。四、探新路。"结合"创造世界，诗词也在"结合"中创新发展。如诗词与注相结合，"注"常为诗词寻典问故，也为之生辉添彩，以至响鸣章外；又如诗词与书画结合，书画常伴诗词而生，并助之相化，诗词也常为书画点眼活化；又如内容与形式相结合，诗词都有特定格律音韵，当依规而行，依韵粘合凝结成章、首、篇。但有时也因需而变更某一平仄音韵，形式自身也在不断创新发展，从而更好地适应内容。就形象思维"敷陈其事而直言"中，也有比、兴关系。比者，以彼比此也；兴者，先言他以引所咏之词也，常行比兴结合。然，社会生活是文学艺术之唯一源泉，深感，任何形式之诗歌，核心都是要同时代同社会生活相结合，并更高、更强、更理想地反映社会生活，才能更好地为人民大众服务；在回顾中，诗词固因感因思因情因兴而发而抒。然，都是一个深思构想、不断推敲琢磨，以至成章、首而篇集之艰辛过程，也令人更感悟"一字一师"成典之深意。

值兹问世之际，首先感谢为之成集出版提供各种帮助的行家、先生、学者及家人，特别是诸多未见真容之"一字师"，际此，终感不足，谬误之处更是难免，特借此敬请读者及关心拙作诸君批评、指教。

图书在版编目（CIP）数据

休闲集：苏州河畔明珠行／曾德聪著．—上海：
上海社会科学院出版社，2018
ISBN 978-7-5520-2554-5

Ⅰ．①休… Ⅱ．①曾… Ⅲ．①诗词—作品集—中国—
当代 Ⅳ．①I227

中国版本图书馆CIP数据核字（2018）第284421号

休闲集——苏州河畔明珠行
曾德聪／著

责任编辑：熊 艳
装帧设计：周清华

出版发行：上海社会科学院出版社
上海顺昌路622号 邮编200025
电话总机 021-63315900 销售热线 021-53063735
http：//www.sassp.org.cn E-mail：sassp@sass.org.cn

排 版：南京展望文化发展有限公司
印 刷：上海天地海设计印刷有限公司
开 本：889×1194毫米 1/32开
印 张：7.625
插 页：5
字 数：136千字
版 次：2019年1月第1版 2019年1月第1次印刷

ISBN 978-7-5520-2554-5/I · 311
定价：58.00元